BIBLIOTHÈQUE DE LA JEUNESSE

LE TRÉSOR DE Mr TOUPIF

PAR MAGD. DU GÉNESTOUX

LIBRAIRIE **2f50** HACHETTE

LE
TRÉSOR DE M. TOUPIE

ARTHUR, RAYONNANT, SE JETA DANS LES BRAS DE CHARLES.

LE
TRÉSOR DE M. TOUPIE

PAR

MAGDELEINE DU GENESTOUX

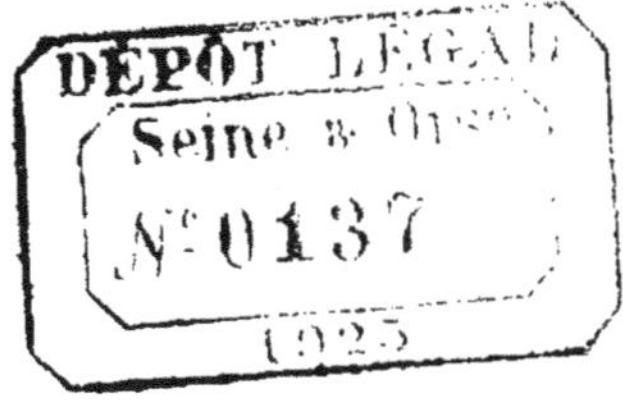

ILLUSTRATIONS DE S. CASTELNAU

LIBRAIRIE HACHETTE
79, BOULEVARD SAINT-GERMAIN, PARIS

LE TRÉSOR DE M. TOUPIE

A LA SORTIE DU LYCÉE...

« Eh ! Charles... Charles Lefrançois ! hé ! arrête-toi donc... j'ai une nouvelle sensationnelle à t'annoncer... Hé là !... vous autres, prenez-le par la manche.... Que diable ! mon vieux, es-tu donc si pressé ce matin?

— Il pleut... j'ai les pieds trempés.... Tu me diras ce soir ta nouvelle sensationnelle, » répondit une voix qui sortait, à moitié étouffée, d'un capuchon.

On pouvait entendre cette conversation sous le porche du lycée de Versailles qui venait d'être ouvert au signal donné par le tambour, à onze heures et demie précises, pour la sortie des élèves.

Ce samedi de mai, une pluie torrentielle tombait depuis le matin sur la tranquille et majestueuse ville du grand roi.

Les interlocuteurs étaient deux jeunes garçons dont il nous est impossible pour l'instant de décrire la physionomie, car leurs capuchons descendaient jusqu'au-dessous de leurs yeux. Mais en regardant leurs chaussures et leurs pantalons, un observateur attentif pouvait juger de leur caractère.

L'un des deux, dont la taille était un peu plus élevée que celle de son camarade et qui répondait au nom de Charles Lefrançois, avait de fortes chaussures jaunes, bien lacées, qui, malgré la pluie et la boue, n'offraient pas trop mauvais aspect. Des bas de laine chinée montaient haut sur ses jambes. Il marchait droit et fermement.

Quant à son camarade, celui dont la voix retentissait malgré la pluie et le vent, quels souliers crottés ! quelles chaussettes en tire-bouchon ! quels bas de pantalons lamentablement mouillés ! Et sa « serviette » de lycéen ! Rejetée d'un bras à l'autre, tantôt sous la pèlerine, tantôt dehors, elle ruisse-

lait d'eau. Et voilà qu'au moment où son propriétaire voulut saisir le bras de Charles, d'un mouvement brusque, il l'envoya au milieu de la chaussée, au grand amusement des camarades.

« Arthur ! cria l'un, ton cahier de notes qui s'envole.

— Regarde, tes crayons roulent dans le ruisseau.

— Attention, tes cartes de géographie vont faire le tour du monde ! »

Et tous les quolibets les plus malins, les plus moqueurs tombèrent sur la tête d'Arthur, qui, penché sur le pavé, s'efforçait de rassembler ses livres et ses cahiers. Il n'avait pas du tout l'air consterné et il riait de bon cœur.

Quand enfin le malheur fut réparé, Charles prit le pas à côté d'Arthur.

« Allons ! dis-moi maintenant ta nouvelle sensationnelle.

— C'est heureux que tu veuilles bien m'écouter ! Voilà.... »

Arthur fouilla dans une de ses poches, puis dans une autre.

« Bon, où ai-je mis ce journal? Dans ma poche de pantalon... non... l'autre... non... dans ma veste.... Oh ! là là.... L'aurais-je laissé dans mon pupitre, au lycée? Non.... Oh ! suis-je étourdi ! Je l'ai mis sur ma tête, sous ma casquette... comme ça j'étais sûr de ne pas le perdre. »

Et sans se presser, Arthur posa sa « serviette » sur une borne, défit son capuchon, enleva sa casquette et prit un journal plié en quatre. Il le tendit à son camarade, tandis qu'il mettait en ordre ses vêtements et sa coiffure.

« Lis ce numéro du *Coq gaulois* ! »

Arthur avait la physionomie la plus drôlement comique. Ses cheveux noirs bouclaient sur sa tête, ses yeux noirs riaient constamment et sa bouche ne pouvait rester un instant sans changer d'expression. Le bouton du col de sa chemise avait dû sauter, car elle s'entr'ouvrait sur son cou : quant à sa cravate absente, il l'avait sans doute oubliée en faisant sa toilette.

« Lis, mon vieux, lis, et tu m'en diras des nouvelles, continua Arthur.

— Abritons-nous sous ce porche, répondit Charles en se dirigeant vers l'entrée d'un vieil hôtel ; là nous pourrons lire ton sale chiffon de papier.

— Sale chiffon ! Tu vas voir ! » s'écria Arthur sur un ton sarcastique

Sous la porte, Charles rejeta son capuchon sur ses épaules.

Sa figure faisait contraste avec celle de son ami. Autant ce dernier avait une mise négligée, une figure mobile, autant Charles semblait réfléchi, correct et soigné. Une raie de côté séparait ses cheveux blonds : ses yeux, un peu froids au premier abord, lançaient parfois des lueurs de gaîté ou de malice, selon les circonstances. Pour l'instant, ils exprimaient un vif étonnement. Sa cravate était fixée au col mou de sa chemise par une épingle en or et sa veste, bien boutonnée, ne trahissait aucun désordre

« Pendant que je lis, attache donc le lacet de ton soulier. »

En effet, un cordon d'une des chaussures d'Arthur délacée depuis la sortie du lycée, traînait sur le pavé, faisant jaillir de la boue jusque sur son pantalon. Aussitôt Arthur répara le dommage. Pendant qu'il se livrait à cette opération :

« Vois, dit-il. C'est à la troisième page... là, le concours.

— Oui,... oui, je vois. Attends, » continua Charles en ouvrant le journal, tandis qu'Arthur se redressant, se pencha vers son ami pour chercher avec lui la nouvelle sensationnelle dans le *Coq gaulois*.

« Lis donc : *Le trésor caché par M. Toupie.* En voilà un drôle de nom !... Mais lis tout fort. »

Arthur obéit et commença :

UN CONCOURS SENSATIONNEL

Qui trouvera le trésor caché de M. Toupie ?

« M. Toupie est un très vieux monsieur qui aime beaucoup les enfants ; il désire leur venir en aide et les amuser en même temps. Il a donc pensé à donner une somme d'argent (50 000 francs) à celui qui saura la gagner grâce à sa persévérance et à son intelligence.

« Il organise un grand concours : celui du *Trésor caché*.

« M. Toupie a déposé la somme de 50 000 francs dans une cachette qu'un jeune garçon âgé de moins de quatorze ans devra découvrir avant le 24 décembre de l'année courante. Le concurrent devra traverser bien des parties de la France avant de toucher au but, ce qui sera pour lui une occasion de s'instruire. Il ne devra pas appartenir à une famille riche : M. Toupie veut lui faciliter, au moyen de ce don, des études qui lui permettront de se préparer à suivre une carrière de son goût. Lorsque l'enfant aura trouvé la cachette, M. Toupie se fera connaître à lui, car là ne s'arrêteront pas ses bienfaits, si toutefois celui qui aura cherché et découvert le trésor est sérieux, intelligent et digne d'être encouragé.

« Où se trouve ce trésor ?

« Le trésor de M. Toupie se trouve :

« 1° Dans une province française ;

« 2° Dans un lieu historique ;

« 3° Non loin d'une statue de la Vierge élevée sur une roche ;

« 4° En un endroit d'où la vue s'étend sur un lac, sur des arbres et des rochers.

« 5° En face d'une église ancienne de pur style ;

« 6° Sur une route peu fréquentée ;

« 7° A 3 kilomètres d'une rivière, à 500 mètres d'un château en ruines ;

« 8° Du point où il se trouve, on aperçoit une vieille maison à toit pointu, dont la porte forme une arcade ;

« 9° Dans la direction du Nord-Nord-Est, on voit une porte à trois marches ;

« 10° A gauche s'élève une maisonnette, à droite un arbre au feuillage léger ;

« 11° Dans la maisonnette habite un vieux monsieur et un animal à quatre pattes. »

Les deux garçons restèrent silencieux pendant quelques instants.

Puis Arthur rompit le silence.

« Eh bien !... Que dis-tu de ce concours ?

— Je pense que ce serait intéressant de chercher ce trésor, mais qu'il sera difficile à trouver... et puis il faudrait du temps, de l'argent.

— Ah ! mon vieux, tu me sembles un peu empoté ; toi qui prétend aimer à voyager, qui, jadis, voulais être explorateur, voilà l'occasion ou jamais de tenter l'aventure.... Les vacances sont proches, tu pourrais les employer à chercher le trésor... sans compter que tu ne risques pas d'être mangé par les sauvages, puisque le trésor est en France... Moi, lorsque j'ai lu ça ce matin pendant que je buvais mon chocolat, j'ai tout de suite pensé à toi.

— Oh ! s'écria Charles, je te remercie, tu es vraiment mon meilleur camarade.... Mais, au premier moment, je ne vois que les difficultés... et puis, pourquoi ne vas-tu pas faire cette découverte toi-même ?...

— Oh ! moi... d'abord... (Arthur s'arrêta en rougissant : n'allait-il pas laisser échapper cette réflexion : moi, je n'ai pas besoin du trésor, tandis que toi qui n'as pas de fortune...) d'abord, si tu le cherches, j'irai avec toi.

— Merci, s'écria Charles qui avait lu dans les yeux d'Arthur toute sa pensée, merci... laisse-moi réfléchir. Nous en reparlerons ce soir... après la classe.... Veux-tu ? »

Les deux amis continuèrent leur chemin en silence. Arthur Treillard demeurait dans un très vieil hôtel de la rue Saint-Louis, tandis que Charles habitait dans un petit appartement de la rue de l'Orangerie, tout près de l'entrée du parc.

« A tout à l'heure, dit Charles en serrant fortement la main d'Arthur.

— A tout à l'heure ! Garde le *Coq gaulois*, je te le donne. »

Arthur s'engouffra sous le vieux porche de l'hôtel de ses parents. Il était fils unique et avait l'existence d'un garçon privilégié dont tous les désirs peuvent être facilement satisfaits.

Charles Lefrançois, au contraire, avait, tout jeune, perdu ses parents. Il allait sur ses quatorze ans et vivait avec son frère aîné, Louis, âgé de vingt-cinq ans, qui venait d'obtenir son diplôme de docteur en médecine. A son grand regret, ce dernier n'avait pas poussé jusqu'à l'internat des Hôpitaux. Ne possédant qu'un petit capital, il s'était décidé à s'établir à Versailles et à s'y faire une clientèle, afin de permettre à son jeune frère de terminer ses études et d'entrer dans une école : Polytechnique. Centrale ou Normale.

Tandis qu'il suivait la rue solitaire de l'Orangerie. Charles songeait à tout ce que venait de lui dire son camarade. Comme ce trésor de M. Toupie serait le bienvenu chez eux ! Sans remords, il terminerait ses études, car il savait bien que c'était seulement grâce aux sacrifices sans nombre de son

LA PLUIE TOMBAIT A TORRENTS.

frère, qu'il avait jusqu'ici poursuivi ses études.

Oui... mais comment trouver ce trésor? Il faudrait parcourir la France, dépenser beaucoup d'argent, perdre des mois, et encore le trouverait-il, lui, Charles? Les conditions de ce concours allaient être lues par des milliers de jeunes garçons en France. Ces milliers de jeunes garçons seraient tentés comme lui de se mettre en campagne.... Alors?... Après tout, pourquoi d'autres et non pas lui? Ce serait d'abord amusant à étudier les données de l'énigme, et puis, après, il verrait bien s'il avait eu quelque perspicacité...,

Charles, tout en montant l'escalier, relisait le journal.

« Moi, je ne connais pas beaucoup de Vierges sur des rochers. Notre-Dame de la Garde... à Marseille; Notre-

Dame de Fourvières à Lyon.... Est-elle sur un rocher? Ma foi, je n'en sais rien.... Mais chacun de ces points est à étudier.... »

Ding ! Ding ! Ding ! Charles sonna trois fois, comme d'ordinaire.

La vieille Brigitte vint lui ouvrir.

« Monsieur Charles, vous êtes joliment mouillé ; ne salissez pas la salle à manger, ni votre chambre.

— Non, non. Mon frère est-il rentré?

— Non, pas encore; le pauvre, ce qu'il toussait ce matin lorsqu'il est parti ! Il aurait bien mieux fait de rester dans son lit. »

Charles fronçait les sourcils, tandis que Brigitte parlait ; son frère avait pris un rhume, une nuit où l'on était venu le chercher pour soigner un petit enfant atteint du croup. Il avait passé une partie de la nuit à son chevet et, n'ayant qu'un pardessus très léger, le froid l'avait saisi à son retour.

« S'il a un pardessus léger, c'est à cause de moi, » se disait amèrement Charles tout en entrant dans sa chambre.

Il s'assit à son bureau, reprit le *Coq gaulois* qu'il avait plié soigneusement dans sa poche et relut l'exposé du concours.

Il sut bientôt par cœur les onze conditions données par M. Toupie, mais lorsqu'il entendit la clef de son frère qui tournait dans la serrure, il n'avait encore pris aucune décision.

Ce frère, qui remplaçait leurs parents auprès de Charles, était son ami, son confident, son camarade. Ils se contaient l'un à l'autre tous leurs soucis, leurs préoccupations, leurs désirs, et leur vie se passait très calme et très heureuse, Charles ne parla pas du Concours du *Coq gaulois*. Il cherchait le moyen d'entreprendre la recherche du trésor de M. Toupie, mais ses idées étaient bien vagues et indécises ; il restait silencieux.

Après le déjeuner, il rentra dans sa chambre. Au mur étaient accrochées des cartes de France, du monde entier ; sur une commode s'alignaient des pierres rares, échantillons minéralogiques, et des plantes grasses que l'enfant s'amusait à soigner. Dans une grande bibliothèque, des livres de voyages se distinguaient particulièrement.

Charles se planta devant la carte de France :

« Où chercher le trésor de M. Toupie? Où peut être le trésor de M. Toupie?»

SI NOUS PARTIONS !...

Lorsqu'a deux heures Charles rentra au lycée, une grande animation régnait parmi les élèves. Tous, pendant le déjeuner, avaient lu le *Coq gaulois*, ou avaient entendu parler de ce que proposait M. Toupie, de sorte que chacun s'abordait en disant :

« Tu as lu ?

— Oui.

— Qu'en penses-tu ?

— Ce sera le diable de trouver ce trésor.

— Moi, s'écria un jeune garçon exubérant, j'ai fait un pari avec papa. Il dit que le trésor est dans un endroit presque inconnu afin qu'on ait plus de peine à le trouver ; moi, je prétends qu'il est à Notre-Dame de Fourvières. Je passe mes vacances près de Lyon, chez ma grand'mère; je connais ce pays comme ma poche... il y a une île....

— Une île? On ne parle pas d'île dans le concours? s'écrièrent quelques voix.

— Ah ! Ah ! bien.... Mais il y a un fleuve, une cathédrale ancienne, un château en ruines.

— Dis donc, interrompit un autre.... Moi, je croirais volontiers qu'il s'agit de Notre-Dame de la Garde, à Marseille.

— Oui, il y a une île,... en mer,... celle où s'élève le château d'If, et puis d'autres encore. »

Des rires interrompirent les deux bavards.

« Ce n'est pas aussi simple que vous pensez, de trouver ce trésor. On donne onze points de repère, ne l'oubliez pas, dit un « grand ». Moi, je ne peux pas m'occuper de cela, mais mon jeune frère a une envie folle de faire ces recherches. Pendant le déjeuner j'y ai réfléchi et, ma foi ! ce n'est pas facile.

— C'est ce que je pense, » dit sérieusement Charles.

On entra en classe. Les conversations cessèrent et le travail commença.

Ces jeunes têtes s'exaltaient, car beaucoup se disaient comme Charles qu'entrer en possession d'un trésor était une belle perspective. Charles eut des distractions. Il avait laissé chez lui le *Coq gaulois*, mais il avait copié les onze points du Concours, et il les relisait sans cesse tout en se disant que lui ne pourrait faire ces recherches que de Versailles, assis devant sa table de travail. Et cette idée d'être ainsi immobilisé lui faisait pousser de gros soupirs.

Arthur lui avait jeté de loin un vigoureux bonjour. Pendant la classe, il parvint à lui faire passer un bout de papier sur lequel il avait inscrit ces mots : « Attends-moi à la sortie. Nous irons dans le parc. J'ai à te parler. ARTHUR. »

A quatre heures, le temps était meilleur, bien qu'il plût encore un peu. Les deux amis, toujours couverts de leurs capuchons, traversèrent la place d'Armes et le Château.

« Allons sur la terrasse de l'Orangerie, veux-tu ? proposa Charles.

— Oui, » répondit laconiquement Arthur toujours silencieux.

Lorsqu'ils furent près de la balustrade, Arthur jeta un coup d'œil autour de lui. Ils étaient complètement seuls. Charles regardait les bois de Satory, enveloppés d'une légère brume, la pièce d'eau des Suisses sur laquelle le vent traçait de gracieux sillons, la noble façade du château et les rangées de magnifiques arbres jetant leur ombrage sur les allées qu'avaient parcourues Condé, Turenne et le

LA VIEILLE BRIGITTE OUVRIT LA PORTE.

Grand Roi. Puis, ses regards s'arrêtèrent sur la figure amusante d'Arthur dont l'enjouement faisait contraste à toute cette grandeur.

« Nous sommes seuls, personne ne peut nous entendre, écoute-moi ! papa

CHARLES ET ARTHUR LURENT AVEC ATTENTION LE JOURNAL.

veut que tu ailles, pendant les vacances, chercher le trésor. »

Arthur s'arrêta quelques secondes, puis reprit :

« Oui, il sait que si tu étais libre, tu partirais. Il aime beaucoup ton frère. Il sait que vous ne pourrez pas dépenser beaucoup d'argent pour voyager, alors il m'a dit :

« Tu iras avec Charles qui est un garçon intelligent, « débrouillard », qui n'est pas étourdi comme toi. Ça c'est vrai. Ce sera excellent pour toi ; je voulais que tu fisses un voyage pendant les vacances, le voilà tout trouvé. Cela te plaît-il?

« — Oui, ai-je dit.

« — Parles-en à ton ami et donne-moi sa réponse. »

Charles était aussi ému que stupéfait. Il ne trouvait pas de mots pour répondre à cette étonnante proposition.

« Merci, Arthur, merci. Comme ton père est bon ! Écoute, dis-lui que si je... nous trouvons le trésor, je lui rendrai tout ce qu'il m'aura avancé. Si je ne le trouve pas... eh bien ! plus tard....

— Oui ! Oui ! s'écria Arthur en se jetant au cou de son ami. Mais nous trouverons le trésor !

— Qui sait? » dit pensivement Charles.

Tandis que Charles et Arthur rentraient chez eux, ils échangèrent peu de paroles. Charles réfléchissait ; quant à Arthur, ce n'était pas l'envie qui lui manquait de parler, mais il n'osait pas troubler son camarade qui méditait sur l'expédition et se demandait quel serait son point de départ. Lui laissant tout le poids des responsabilités, l'humeur légère, il sautait d'une pierre à l'autre, mettait ses pieds dans les flaques d'eau, en murmurant :

« Ce que nous allons nous amuser pendant les vacances ! En verra-t-on du pays et des gens ! Et quel bonheur, lorsque Charles reviendra, tenant le trésor dans ses mains ! »

Charles voulait avoir l'approbation de son frère avant d'accepter l'offre si généreuse de M. Treillard. Mais il ne dit rien de ses scrupules à Arthur ; il était inutile de lui gâcher sa joie.

Charles quitta son ami à la porte de la maison où il habitait avec son frère le docteur Louis Lefrançois.

Les deux frères avaient arrangé leur petit appartement d'une façon très confortable ; chacun était installé selon son goût et les nécessités de son travail. Louis occupait deux pièces, l'une était sa chambre à coucher, l'autre son cabinet.

Louis n'était pas encore de retour lorsque Charles rentra.

Celui-ci s'assit à son bureau, prit ses livres et commença à travailler.

Mais son esprit était distrait : tandis qu'il tenait son porte-plume au-dessus d'une feuille de papier, tout à coup, il vit un petit dessin qu'il avait tracé inconsciemment. Ce dessin représentait une Vierge sur un rocher très abrupt, une ancienne cathédrale — d'un style fort mélangé — et sur le bord d'une rivière, une vieille, très vieille maison à large portail et à toit pointu. A l'arrière-plan de ce dessin, une niche à chien se dressait, beaucoup plus haute que la cathédrale.

D'un coup de plume, Charles effaça tout et se plongea dans l'étude.

Il travailla sans lever la tête jusqu'au moment où son frère entra dans la pièce et lui mit la main sur l'épaule.

« Eh bien ! Charles, tu n'as pas faim? Il est tard. As-tu fini tes devoirs? »

Les deux frères se ressemblaient beaucoup. C'étaient, chez l'un et chez l'autre, les mêmes cheveux blonds, les mêmes yeux bleus, la même fermeté de manières ; mais chez l'aîné, des plis un peu amers paraissaient au coin de ses lèvres et barraient son front. Il était pâle et ses yeux révélaient un peu de tristesse.

Charles se leva vivement.

« Oh ! mon vieux frère, j'ai un tas de choses à te dire. Figure-toi.... Mais d'abord, comment va ton rhume?

— Oh ! il se porte très bien, je n'en ai plus que pour un ou deux jours.

— Tu ferais mieux de te soigner plutôt que de soigner les autres, » dit Charles en prenant le bras de son frère pour se rendre à la salle à manger.

Lorsqu'ils eurent avalé le brûlant et excellent potage que le vieille Brigitte avait posé sur la table, Charles commença d'un air triomphant :

« Louis, mon frère, as-tu lu ce matin le *Coq gaulois*?

— Non, je t'avoue que je n'ai lu aucun journal ce matin.

— Alors, tu ne connais pas le concours de cet excellent M. Toupie ?

— Non ! Qu'est-ce que c'est que M. Toupie ?

— C'est un homme tout à fait extraordinaire... Il offre un trésor au jeune garçon qui saura le découvrir dans le coin de France où il est caché ! »

Louis regarda son frère, n'ayant pas l'air de comprendre ce qu'il disait. Celui-ci, pendant un instant, s'amusa de cet étonnement, puis il exposa avec beaucoup de précision et de clarté les données du concours et ce que lui avait fait proposer, dans l'après-midi, le père d'Arthur.

Il y eut un moment de silence. Charles était un peu anxieux de connaître l'opinion de son frère.

« Mon cher Charles, commença celui-ci, je ne veux pas m'opposer à ton désir et je ne veux pas non plus refuser l'offre de M. Treillard...

— Je te remercie, s'écria Charles en battant des mains.

— Attends.... Mais je ne veux pas que tu partes comme un fou, sans plan, sans savoir si tu as quelques raisons d'aller ici plutôt que là. On ne peut s'embarquer à la légère. Tu me dis en gros les conditions du concours, il faut que je les connaisse en détail.... Au fait, non. Tu es assez grand pour savoir te conduire. Passe donc tes vacances avec Arthur ; mais ne commence ce voyage qu'après beaucoup de recherches et d'études. C'est un peu fou ; mais, enfin, si tu ne trouves pas le trésor, tu t'instruiras et cela te fera du bien physiquement, à condition de ne pas te laisser entraîner dans de folles aventures par Arthur, qui est le meilleur garçon du monde, mais aussi, comme tu sais, l'étourderie en personne.

— Mon cher Louis, comme tu es bon !...

— Je mettrai une petite somme d'argent à ta disposition... celle que j'avais réunie pour tes vacances.... »

Le dîner achevé, bras dessus, bras dessous, les deux frères passèrent dans la chambre de Charles, et tandis que Louis allumait une cigarette en s'installant sur le divan, Charles prit une feuille de papier sur laquelle il avait copié de sa plus belle écriture les conditions du concours, et, en face de son frère, debout, d'une voix claire, il commença à les lire.

Lorsqu'il eut terminé, Louis demanda:
« Alors, comment vas-tu t'y prendre?

— J'y ai réfléchi... pas encore beaucoup... mais il me semble que le mieux serait de prendre successivement les guides de toute la France, province par province, de les lire avec soin et de savoir d'abord quelles sont les statues de la Vierge élevées sur des rochers.

— Parfaitement, c'est un travail éliminatoire.

— Ensuite, continua Charles en se promenant de long en large dans la pièce, dans les guides je verrai si, près de ces statues de Vierge, il y a d'anciennes cathédrales, de vieilles maisons, des ruines; et si un endroit me semble répondre aux données du concours, eh bien! nous nous dirigerons vers cet endroit.

— Ton plan me semble assez bon, dit le jeune docteur.... Mais il est bien entendu que tes études ne souffriront pas de tes recherches? D'ici la mi-juillet tu as deux bons mois devant toi, puisque nous sommes le 10 mai ; tu peux concilier ton travail et tes projets.

— Tu ne me demandes pas ce que je ferai du trésor si je le trouve? dit Charles.

— Oh ! ça.... On a toujours l'emploi d'une somme d'argent, lorsqu'on est, comme nous, sans fortune. En tout cas, j'espère que tu le mettras de côté... pour plus tard.

— Eh bien ! pas du tout, mon vieux, tu es dans l'erreur la plus profonde. Si je trouve le trésor de M. Toupie, je te le donne ; nous quittons Versailles, nous nous installons à Paris ; toi qui as toujours regretté d'être obligé de t'établir sitôt ton diplôme conquis et de ne pas pouvoir poursuivre des recherches scientifiques, tu travailles pour toi, moi pour moi, et voilà !

— Hum ! Hum ! s'écria Louis, plus ému qu'il ne voulait le laisser paraître de la pensée de son frère : nous verrons. En attendant le jour problématique où nous mettrons la main sur le trésor, je vais terminer un petit travail, et toi?

— Moi, je vais écrire un mot à Elisabeth pour lui raconter ces événements sensationnels. »

Elisabeth Tourneur était une fillette de douze ans dont le père, professeur au lycée du Puy, avait été un grand ami du père des jeunes Lefrançois; leurs enfants étaient liés par la même amitié. M. Tourneur avait perdu sa femme l'année précédente. Elisabeth, sa fille aînée, s'occupait de la maison, de deux frères et d'une petite sœur. La perte de sa mère avait été une grande douleur pour elle, mais elle s'efforçait de la dissimuler à son père qui avait passé de longs mois dans le désespoir.

Il avait été nommé au Puy au mois d'octobre précédent ; l'éloignement était chose pénible pour les Lefrançois comme pour les Tourneur. Mais les uns et les autres avaient l'habitude de

CHARLES SE MIT AU TRAVAIL.

s'écrire souvent, de se revoir pendant les vacances, et jamais une semaine ne s'était passée sans que les deux familles n'eussent échangé des nouvelles. C'est ce qui explique le désir qu'avait Charles de connaître l'opinion d'Elisabeth au sujet du concours de M. Toupie.

Mais la lettre de Charles ne fut pas écrite ce jour-là. Il avait ouvert sa bibliothèque pour chercher les guides qu'il possédait ; étant tombé sur celui de Normandie, il s'était mis à le feuilleter, et l'heure du coucher sonna sans qu'il eût commencé sa correspondance.

Mais le lendemain dimanche, Charles écrivit ces lignes à son amie :

« Ma chère Elisabeth. Un mot pour te dire de lire le *Coq gaulois* du ‌‌.

Tu verras une nouvelle extraordinaire. Dis-moi ce que tu en penses, car je n'entreprendrai rien sans avoir ton avis. Je suis sûr que tu approuveras ma décision. En hâte. Ton ami. Charles.

« Mlle Elisabeth Tourneur, rue Pannesac. Le Puy (Haute-Loire). »

Le dimanche suivant, Charles recevait la lettre suivante :

Mon cher Charles,

« J'ai eu beaucoup de peine à trouver le numéro du *Coq gaulois* dont tu me parles. Il était épuisé, car, paraît-il, on y donnait le programme d'un concours passionnant. Enfin, grâce à un collègue de papa, j'ai pu l'avoir quelques instants. Du coup j'ai compris ta pensée : *Tu veux chercher et trouver le trésor de M. Toupie.* C'est bien ça, n'est-ce pas? Je t'approuve, mais tu vas avoir bien des difficultés. *Primo,* l'argent, mais passons ; *secundo,* le temps. C'est sans doute pendant les vacances que tu chercheras le trésor, mais, en deux mois, parcourir la France !

Enfin, en se préparant comme il faut....

« Tu sais qu'au Puy, il y a une Vierge célèbre sur une vieille église, de vieilles rues, mais pas de lac, du moins pas aux environs. Pourtant, je m'informerai et te dirai mes découvertes. Si j'avais le temps, cela m'aurait joliment amusée d'aller avec toi, de voir du pays.... Que comptes-tu faire? Parle-moi de ton ami Arthur. Comment va-t-il? Est-il toujours aussi étourdi? Ici, la vie s'écoule calme et agitée selon les heures; les deux jumeaux, Bernard et Edouard, vont avoir cinq ans demain. Ils sont terribles, cassent tout à la maison, grimpent sur tous les fauteuils, mangent les gâteaux et les confitures que l'on a l'imprudence de laisser sur une table : aussi nous avons décidé avec papa de les mettre, pendant l'après-midi, dans une pension pour les petits enfants. Pendant leur absence, je pourrai un peu travailler, car mes études ne sont pas fameuses. Quant à ma sœur Marie, elle est très fière de ses huit ans.

« Sais-tu qu'ici tout le monde s'agite au sujet du concours de M. Toupie? Les gens se disputent même. Les Ponots (c'est ainsi que se nomment les habitants du Puy) se fâchent et prétendent que le trésor est là, sous le rocher Corneille qui supporte la Vierge ; les étrangers rétorquent qu'il y a bien d'autres Vierges en France, entre autres Notre-Dame de Fourvières, à Lyon ; Notre-Dame de la Garde, à Marseille, etc....

« Au revoir, mon cher Charles; écris-moi souvent, car l'idée du trésor de M. Toupie m'empêche de dormir.

« Elisabeth TOURNEUR. »

Charles serra la lettre d'Élisabeth dans son portefeuille et descendit l'escalier en courant. Il se rendait chez M. Treillard, où lui et Arthur devaient compulser des guides et des livres relatifs à toute la France.

M. Treillard possédait une très belle bibliothèque qu'il avait mise à la disposition des deux garçons.

L'hôtel où demeuraient le père et la mère d'Arthur n'avait que deux étages ; au rez-de-chaussée se trouvaient les salons, au premier les chambres à coucher et la grande bibliothèque dont les fenêtres donnaient sur le jardin.

Sur une grande table on pouvait étaler des cartes, des livres, des dictionnaires. M. Treillard aimait beaucoup ses livres et ne les communiquait pas à tout le monde ; mais il avait pris Charles en affection ; il appréciait son caractère sérieux, et comme il désirait son amitié pour son fils Arthur, il l'autorisait à lire les ouvrages qu'il voulait. Quand il entendit ce qu'Arthur lui raconta au sujet du concours organisé par M. Toupie, l'idée lui vint aussitôt d'aider Charles à entreprendre la recherche du trésor.

« Voilà une expédition toute trouvée pour Arthur, dont les vacances sont toujours un problème pour moi ; j'ai une très grande admiration pour le docteur Lefrançois, qui est aussi savant qu'estimable et, pour une fois que l'on peut rendre un service à un homme de sa valeur, il faut en saisir l'occasion. Arthur est un bon garçon, dont toutes les qualités sont gâchées par un terrible défaut, une étourderie qui lui fait commettre les pires sottises. Si Charles pouvait lui mettre du plomb dans la tête, comme je le bénirais !... »

Allant et venant dans la bibliothèque, M. Treillard prononçait ce monologue qu'écoutait sans l'interrompre Mme Treillard, étendue sur un rocking-chair. D'une santé très délicate, elle ne pouvait sortir qu'en voiture ; les voyages lui étaient interdits parce que ses nerfs n'auraient pu supporter l'agitation des embarquements, des débarquements et le tumulte des gares.

Arthur faisait tout ce qu'il pouvait pour se corriger de son étourderie proverbiale, mais il n'y parvenait pas. Et Dieu sait si ses camarades lui ménageaient peu leurs quolibets ! Combien de fois n'était-il pas arrivé au collège, ayant laissé sur sa table le cahier ou le livre nécessaire, ce jour-là même, en classe. Les mauvaises notes de ses professeurs, les punitions de ses parents, les déceptions qui résultaient de ses étourderies, rien n'y faisait.

Charles était déjà venu, le jeudi précédent, pour consulter dans la bibliothèque de M. Treillard guides et livres de voyage, et Arthur lui avait tenu compagnie, car rien ne l'amusait autant que d'être avec son ami. Mais ce jour-là, Charles Lefrançois ne trouva dans la bibliothèque que M. Treillard, qui achevait de fumer un cigare.

« Mon garçon, lui dit-il, Arthur est consigné dans sa chambre aujourd'hui. Non pas qu'il ait commis une faute grave, mais vous ne me croirez pas : ce matin sa mère lui fait porter sur son lit, avant son lever, une paire de chaussettes bleu-paon qu'il désirait vivement.... Eh bien ! cinq minutes après, une des chaussettes avait disparu. On

ARTHUR RENDIT LA LIBERTÉ AU PAPILLON.

l'a cherchée partout, dans son lit, dans ses livres, partout... partout.... Impossible de trouver cette seconde chaussette.... J'ai décidé qu'il ne vous verrait que lorsqu'il aurait mis la main sur la chaussette.... »

Charles, en lui-même, pensait : « En voilà une affaire pour une chaussette ! » Mais il dit seulement :

« Oh ! monsieur, vous me permettrez bien d'aller lui dire bonjour... avant de me mettre au travail ?

— Eh bien !... oui, allez. »

Charles monta rapidement dans la chambre d'Arthur. Il le trouva sur le balcon de sa fenêtre, tenant dans ses mains un merveilleux papillon aux ailes veloutées de couleurs éclatantes.

« Bonjour, toi, dit-il à Charles. Regarde-moi cet étourdi : il s'est laissé prendre comme un nigaud.

— Laisse-moi rire, je t'en prie.... Allons, donne la liberté à cet étourdi, comme tu l'appelles.

— Oui... il est prisonnier comme moi.... »

Arthur ouvrit ses doigts et le papillon s'envola, dessinant sous le soleil

radieux une grande courbe avant d'aller se poser sur une des plus belles roses du parterre.

Les deux garçons le suivirent des yeux et restèrent un moment sous le charme de cette belle journée de printemps ; mais Charles se reprit bien vite pour dire :

« Et ta chaussette?

— Ma chaussette? Ma chaussette? s'écria Arthur en ouvrant de grands yeux ; si tu crois que j'ai pu penser à cette bêtise !... Elle est dans un endroit bizarre... sûrement. Quant à la chercher, j'ai bien autre chose à faire.... Lis-tu le *Coq gaulois*?

— Bien sûr que non, je n'ai pas le temps.

— Alors, tu ne prends plus part au concours ? »

Et Arthur ouvrait des yeux exprimant la plus profonde déception.

« Mais si, répondit Charles.

— Alors, dit Arthur d'un air désapprobateur, il faut un peu suivre le journal. C'est très important. Chaque jour, il y a un article à propos du concours. Enfin, continua Arthur avec une pointe de mépris assez comique, je suis là, et puni encore... cela me donne heureusement des loisirs.

— Mon cher Arthur, commença Charles....

— Mais je ne trouve plus ce journal ! s'écria Arthur en tournant dans sa chambre comme un ours en cage, secouant les vêtements dispersés ici et là, prenant les livres qui encombraient la table et les mettant sur son lit, déplaçant les fauteuils, les chaises, les coussins qu'il jetait à l'autre bout de la pièce.

« Diable ! Diable ! Où est ce journal? Je me moque bien de la chaussette, mais le journal !... Sapristi de sapristi ! Où a-t-il bien pu passer? »

Et Arthur tournait toujours comme un ours en cage.

Charles riait sans oser remuer, de peur d'accroître le désordre de la pièce.

« Le journal s'est envolé avec la chaussette ! »

Arthur commençait à se fâcher.

« Que je suis stupide ! Je l'avais mis là, sur ma table...

— Comment peux-tu trouver quelque chose dans ce capharnaüm? Range d'abord ta chambre et tu le retrouveras.... »

Arthur prit un air tellement consterné, que Charles en eut pitié.

« Écoute, dit-il, je veux bien t'aider, mais dépêchons-nous, il ne faut pas perdre notre temps ainsi.... »

Comme il se baissait pour ramasser un livre, Charles poussa un cri d'étonnement.

« Oh ! mais combien as-tu mis de chaussettes à un de tes pieds? »

Arthur regarda le pied désigné.

« Mais.... Mais.... Ah ! là ! là ! j'ai mis deux chaussettes sur le même pied.... C'est incroyable ! Voilà la seconde chaussette bleue retrouvée.... Mais le journal?

— Il est peut-être dans la chaussette? » dit Charles avec un peu d'ironie.

Arthur, assis sur un tabouret, enleva ses chaussettes : il en avait une cachou par-dessus celle bleu-paon, de sorte que personne n'aurait eu l'idée de chercher là cette dernière.

« Tu ne sentais donc pas ton pied plus à l'étroit dans ta chaussure?

— Non, car j'ai gardé mes pantoufles.

— Ah ! mais....

— Quoi donc? s'écria Arthur en suivant le regard de Charles dirigé vers ses pieds.

— Le journal est là,... dans ta pantoufle!...

— C'est vrai.... Je l'avais mis là afin qu'il ne s'égare pas. Quelle joie, mon vieux ! »

Et Arthur prit dans sa pantoufle le numéro du *Coq gaulois* qu'il cherchait depuis un moment.

« Veux-tu que je lise la rubrique du concours? »

Charles acquiesça d'un signe de tête et s'assit dans un large fauteuil, le dos appuyé sur un moelleux coussin. Arthur commença d'une voix grave.

« Un lecteur du *Coq gaulois* a demandé à M. Toupie si les conditions du concours excluent ceux qui cherchent le trésor en groupe ; s'il faut effectuer les recherches individuellement ou si l'on peut agir en collaboration.

« *Réponse* : M. Toupie laisse liberté complète aux concurrents. Celui ou ceux qui entreront au même instant dans la cabane (point n° 10 du concours) auront droit au trésor. Les concurrents se le partageront ou le donneront à celui qui aura montré le plus d'initiative dans les recherches, à leur guise ! »

« On nous signale de Marseille qu'un jeune garçon, prenant part au concours organisé par M. Toupie et visitant les rochers sur lesquels s'élève Notre-Dame de la Garde, a glissé malheureusement et s'est cassé la jambe. Il a été transporté à la maison de santé de l'avenue de Noailles. Espérons qu'il pourra reprendre ses recherches. »

Arthur plia le journal.

« Moi, je vais faire un dossier. Je collerai sur un cahier tout ce que je trouverai qui aura trait au **concours** de M. Toupie ; nous pourrons peut-être avoir par ce moyen quelques renseignements utiles... des pistes... grâce à l'expérience des autres....

— Oui, mais tu feras bien de ne pas égarer le registre.

— N'aie nulle crainte, » s'écria Arthur en riant et en dégringolant l'escalier pour se rendre dans la bibliothèque.

M. Treillard, lassé de la longue absence de Charles, était sorti. La pièce était vide.

D'un commun accord, les deux garçons décidèrent de chercher d'abord dans la bibliothèque les livres se rapportant aux pays qu'ils comptaient parcourir. Charles regardait avec admiration les beaux ouvrages magnifiquement reliés que M. Treillard s'était plu à rassembler, tandis qu'Arthur sifflotait un air joyeux. Puis les deux garçons, après avoir choisi divers volumes, remontèrent dans la **chambre** d'Arthur.

« Écoute, dit Charles, il faut rattraper le temps perdu. Prenons le *Guide Bleu* et les divers ouvrages qui concernent Lyon. Nous allons voir si les dix points du concours s'adaptent à Notre-Dame de Fourvière ; ensuite nous étudierons Notre-Dame de la Garde, à Marseille... puis nous passerons aux autres endroits de France où se trouve une statue de la Vierge.

— Prenons le programme du concours.

— Voilà le guide de Lyon. »

Les deux garçons, penchés sur la table, se mirent à lire :

« Lyon... siège d'un archevêché dont le titulaire porte le titre de Primat des Gaules.... Lyon s'étend dans un site admirable, au confluent du Rhône et de la Saône.... »

— Voyons plus loin.... *Histoire* : Le premier fait historique certain est la fondation d'une colonie romaine sur la colline de Fourvière.

— Alors, c'est un endroit historique et notre second point est acquis, interrompit Arthur.

— Oui, mais attends, regardons le tableau des conditions du concours et marquons d'une croix au crayon bleu ce qui s'applique à Lyon.

— Voilà. »

Arthur prit la feuille de papier sur laquelle Charles avait transcrit les « points » essentiels du concours.

Les points 9, 10 et 11 n'étaient pas transcrits, car ils ne concernaient que des détails qui précisaient l'endroit même où était caché le trésor.

« Bon ! dit Charles, le point 1 (le trésor se trouve dans une province française), le point 2 (dans un lieu historique) peuvent être appliqués à Lyon. Continuons.... La ville centrale, les musées, la place Bellecour, etc., etc. Nous passons.... »

Charles tournait les feuillets du guide.

« Ah ! Voilà la ville ancienne : Quartiers de Saint-Jean, Fourvière et Saint-Paul. »

— Vois d'abord Fourvière, à cause de la statue de la Vierge et du « point » 3.

— « La première chapelle de Fourvière a été construite au IXe siècle.

— C'est pas aujourd'hui !

— Tais-toi donc ! Impossible de concentrer sa pensée.

— Bon, je me tairai jusqu'au jour où tu mettras la main sur le trésor. »

Charles se mit à rire à la vue de la drôle de figure que faisait son camarade

Le Trésor de M. Toupie.

en se pinçant fortement les lèvres.

« La première chapelle de Fourvière a été construite au IXe siècle avec des pierres provenant du forum de Trajan.

— Hum ! Hum !

— « Mais ce ne fut qu'à la fin du XIIe siècle qu'on éleva sur la colline un édifice consacré à la Vierge et à saint Thomas de Canterbury. »

— Est-ce sur un rocher?

— Attends.... » La chapelle, relevée de ses ruines après les guerres de religion, fut reconstruite au XVIIIe siècle. Lors de la peste de 1643, le prévôt des marchands avait fait le vœu d'aller chaque année, le 8 septembre, au sanctuaire de Fourvière, pour disposer la Vierge à recevoir en sa protection particulière la ville.... La nouvelle basilique, commencée en 1872, a été consacrée en 1896.... La vieille chapelle du XVIIIe siècle, qui subsiste près de la nouvelle basilique, est toujours l'objet d'une grande vénération. Elle est dominée par un clocher roman moderne surmonté d'une vierge colossale.

— Ce n'est pas sur un clocher, suivant le programme du concours, que se trouve la Vierge, mais sur un rocher.

— Bon, la Vierge au rocher n'est pas là.

— Attends ! Fourvière ne peut être

abandonné définitivement tant que nous ne sommes pas assurés qu'il n'y a décidément pas de statue de la Vierge aux alentours. Quant aux vieilles maisons, je crois que Lyon en possède quelques-unes de fort curieuses.

— Prends ton guide, prends ton guide, mon vieux !

« Maisons curieuses : fenêtres sculptées... maison Henri IV.... »

— Laisse-moi voir s'il n'y a pas autre chose.... Voyons... la crypte... l'église supérieure... l'abside... chapelle des bas côtés...

— On ne parle pas de statue de la Vierge autre que celle du clocher de la vieille basilique; donc il faut réserver le point 3.... « Le panorama offre par un temps clair une vue inoubliable. » Ah ! ceci paraît être intéressant pour le point 4.

— On ne dit pas que les vieilles maisons ont des toits pointus et des portes en arcades.

— Ce serait à voir. Je pense que nous classerons Lyon sous la rubrique : *A revoir*, ou *A compléter*. Certains points ne sont pas assez précisés encore.

— Parfait ! » s'écria Charles.

Le mercredi suivant dans l'après-midi, pendant la classe d'histoire, Arthur fit passer à Charles le petit billet suivant :

« J'ai trouvé une autre statue de Vierge. Mais, chut ! »

Charles prit le bout de papier et le serra dans son portefeuille. Comme Arthur prenait le concours à cœur ! Il en était extrêmement touché et il cherchait par quel moyen il pourrait montrer sa reconnaissance à son ami. En attendant, une constatation le réjouissait : son camarade devenait plus ordonné. La veille, il avait rencontré Place d'Armes M. Treillard, qui lui avait déclaré : « Mon fils me stupéfie. Tout ce qui a rapport au concours est rangé par lui avec un soin extraordinaire. Il ne permet à personne de toucher aux livres, cartes, plans, qui servent à vos recherches. Il collectionne les numéros du *Coq gaulois*, et le soir je le vois en découper et coller les articles avec une minutie et une propreté qui me surprennent. Si ce progrès vers l'ordre pouvait s'étendre à toutes ses actions ! »

A la sortie, Charles demanda à son ami de lui dire en quel endroit se trouvait la statue dont il parlait dans son mystérieux petit billet. Mais Arthur, amusé par cette vive curiosité, se montra taquin par jeu.

« Non, dit-il, je ne te le dirai pas ce

soir comme cela, en hâte. Demain, jeudi, nous aurons tout le temps voulu pour examiner ma suggestion. »

Durant l'après-midi du lendemain, chaude et orageuse, c'était au tour d'Arthur de manifester de l'impatience. Dans la demeure paternelle, du haut de l'escalier, il guettait l'arrivée de Charles. Enfin celui-ci parut.

« Allons, cloporte, arrive donc ! C'est la chaleur qui te rend lambin ?....

— J'avais un devoir à terminer.... Tu sais que lorsque je suis ici, je ne me décide pas facilement à partir; alors, pour être tranquille, je fais mes devoirs avant de venir.

— Homme raisonnable ! homme raisonnable ! je t'admire.

— Eh bien ! Cette statue ?

— Celle de Notre-Dame de la Salette, dans les montagnes de l'Isère.... Il y a une basilique avec une statue de Vierge, répondit Arthur.

— Oh ! J'y ai bien pensé, mais la basilique est moderne.

— Tu es sûr ? s'écria vivement Arthur.

— Oui... L'église a été bâtie en 1852. Et puis la statue de la Vierge est sur le maître-autel.... J'ai déjà regardé le guide. Rien ne s'adapte aux « points » du concours. Donc laissons la Salette de côté.

— Oui, » répondit Arthur un peu dépité.

ARTHUR DEVIENT TIMBRÉ !

EN rentrant chez lui, Charles trouva une lettre d'Elisabeth.

« Mon cher Charles,

« Je profite d'un instant de loisir pour te donner de nos nouvelles. Papa a eu un gros rhume qui l'a obligé à rester trois jours au lit et huit jours à la chambre. Papa voulait continuer à aller au lycée, mais le docteur lui a fait peur, sur les conseils de notre vieille amie et voisine Mme Saint-Paul qui a connu maman lorsqu'elle était enfant. T'ai-je déjà parlé d'elle ? Elle ne sort jamais de sa chambre, car elle ne peut plus marcher. Elle est assise dans un fauteuil, les jambes sous une épaisse fourrure. Elle a des cheveux blancs qu'elle cache un peu sous un petit bonnet de dentelles noires ; lorsqu'elle lit elle met des lunettes, mais quand elle vous regarde elle les ôte et l'on peut voir ses yeux très bons et très observateurs ; en face d'elle on ne pourrait jamais soutenir un mensonge. Sa chambre est immense et toute tendue de soie vert d'eau. Un grand lit ancien, au fond de la pièce, est garni de la même étoffe. Son fauteuil est toujours près d'une porte-fenêtre qui donne sur un jardin au bout duquel s'élève le rocher de Saint-Michel. De sa place, elle voit la chapelle construite au sommet de la petite montagne et l'autre jour, elle me disait que rien ne lui était plus doux que d'entendre le matin, à midi et le soir, le son des trois petites cloches de Saint-Michel.

« Elle s'intéresse beaucoup au concours de M. Toupie. Elle veut que je cherche le trésor, comme toi, mais je lui explique que je suis dans l'impossibilité d'abandonner papa. Elle en convient. « C'est vrai, dit-elle, ma petite « fille, tu as raison. Eh bien ! écris à ton « ami de nous raconter ses projets, « cela nous distraira toutes les deux. » Elle s'amuse follement lorsqu'on parle des gens qui arrivent chaque jour au Puy pour trouver le trésor.

« On raconte qu'un jeune garçon, de Paris, je crois, a stupidement frappé à toutes les vieilles maisons de la rue Pannesac, croyant y dénicher M. Toupie et l'animal à quatre pattes désigné dans le dernier article de l'exposé du concours. Mais bien mal lui en prit, car à la quatrième porte, il a été injurié, et des bonnes femmes l'ont traité de polisson, de petit sot. Il a quitté le Puy le lendemain, sans avoir poussé plus loin son enquête. Ce n'est pas si simple que cela.

« On m'a parlé hier d'un groupe de trois Bordelais qui logent à l'*Ecu d'argent*. Ils ont des motocyclettes, sur lesquelles ils partent dès le matin, et si tu savais le bruit qu'ils font lorsqu'ils descendent en vitesse le boulevard de la République ! Tout le monde se met sur les portes : ils ont été déjà à Polignac, à Senillac, au lac du Bouchet. Papa te demande si tu as pensé à la Bretagne. Il a visité autrefois tout ce pays ; il ne se souvient pas précisément des statues de Vierges. Mais il te conseille de porter ton attention de ce côté.

« Ecris-moi longuement ; n'oublie pas de me raconter toutes les étourderies plaisantes de ton ami Arthur. Cela m'amuse beaucoup. Nous voici en juin. Quand a lieu la distribution des prix à Versailles ? Je pense que tu t'arrangeras pour ne pas perdre de temps et pour te mettre en route le soir même.

« Ton amie,

« Elisabeth TOURNEUR. »

Dans les premiers jours de juillet, Elisabeth reçut une réponse de Charles. Elle la parcourut rapidement, car elle avait beaucoup à faire ce matin-là. Elle arrangeait la maison avec la bonne à tout faire qui les servait, paysanne des environs du Puy, très dévouée, mais médiocrement intelligente et dont les bévues étaient un sujet de gaîté pour Elisabeth et Mme Saint-Paul à qui la fillette venait les raconter.

Mais dès qu'elle eut quelques minutes libres, elle courut chez Mme Saint-Paul afin de lire avec elle, et plus attentivement, la lettre qui était ainsi conçue :

« Ma chère Elisabeth,

« Je commence à m'arracher les cheveux ! Nous voici au commencement de juillet et je ne sais encore où je vais diriger mes pas. Nous serons en vacances le 17 juillet. Arthur, dans son ardeur, ne parlait-il pas de prendre un train à midi dès la sortie du lycée ? Mais encore faudrait-il savoir où ce train nous conduirait. Tu dois te dire que je suis lent dans mes recherches, mais je te ferai remarquer qu'afin de ne pas nuire à mes études, je ne pense guère au concours que le jeudi et le dimanche.... »

— Ça, il exagère, dit Mme Saint-Paul en souriant; je suis sûre, moi, qu'il y pense sans cesse.

— Moi aussi. Il veut dire qu'il ne « travaille » au concours que le jeudi et le dimanche.

— Oui, continue.

— ... « Tu sais que Louis ne plaisante pas sur mon travail ; alors il a fallu piocher ferme. En juin, ç'a été les dernières compositions.

« A propos, voici où j'en suis de mes recherches pour le concours : j'ai écarté Notre-Dame de la Salette, dans l'Isère. Puis j'ai examiné Notre-Dame de Fourvière.

« Evidemment, là, certaines données concordent avec celles du concours, mais nulle part on ne parle de statue de la Vierge sur un rocher. La statue de Notre-Dame est sur le sommet de l'ancienne basilique, à moins qu'il y en ait une autre ; bref, j'ai réservé Fourvière.

« J'ai un camarade, au lycée, dont la grand'mère demeure aux environs de Lyon ; mais il est un peu étourdi,

dans le genre d'Arthur. Lorsque je lui ai posé la question : Y a-t-il à Notre-Dame de Fourvière une Vierge sur un rocher ? il m'a regardé d'un air ébahi : « Je ne sais pas, m'a-t-il ré-« pondu, je n'ai jamais regardé atten-« tivement.... Lorsque je vais à Four-« vière avec ma grand'mère, ce qui m'in-« téresse surtout, c'est la montée par le « funiculaire de la gare Saint-Paul et « le goûter que nous allons prendre chez « un pâtissier, proche de la basilique, « et dont les choux à la crème sont vrai-« ment exquis. »

« Voilà l'état d'esprit de mon camarade. Il me semble que, moi, si j'étais allé à Fourvière, je connaîtrais à fond l'endroit. Et toi, si je te demande com-

ÉLISABETH LISAIT A M‹me› SAINT-PAUL LA LETTRE DE CHARLES.

ment est la Vierge du Puy, que me répondras-tu ?

« Il y a Notre-Dame de la Garde à Marseille. La statue dorée de la Vierge ne se dresse pas sur un rocher mais au sommet du clocher. Il est vrai que la basilique elle-même est élevée sur une colline rocheuse abrupte et dénudée....

« Mais, si M. Toupie l'avait eue en vue, je pense qu'il aurait mis : près de la mer. A moins qu'il ait voulu égarer les chercheurs. C'est bien possible.... Y a-t-il de très vieilles maisons à Marseille ? Bah !... Réservons Notre-Dame de la Garde.

« Jeudi prochain, je m'acharne sur la Bretagne.... Mais, ma pauvre Elisabeth, je crois que je deviens monotone et assommant avec mon concours. Excuse-moi... je désirerais tant trou-

ÉLISABETH RANGEAIT LES ARMOIRES.

ver ce trésor !... Je sais qu'il y a des gens qui parcourent déjà la France et qui vont peut-être mettre la main dessus.... Cela me désole.... Depuis quelques jours Louis est tellement pris par ses malades qu'il ne peut terminer un mémoire qu'il devait remettre à la fin du mois à l'Académie de médecine, et je vois bien qu'il est malheureux. Le trésor ! Le trésor ! Où est-il?...

« Au secours, monsieur Toupie !

« Arthur, lui, en devient toqué. Autrefois, il était distrait, mais aujourd'hui c'est plus grave : il n'écoute même plus ce qu'il dit. Si je l'arrête sur le trottoir pour l'empêcher d'être écrasé, il s'écrie : « Mon vieux, je ne sais plus à quelle heure on déjeune à la maison, parce que papa s'est absenté. Il est allé chez ma grand'mère qui est venue passer quelques jours chez nous. — Alors, elle est à Versailles? — Mais oui. — Ton père n'est donc pas parti? — Parti ! Bien sûr que non. — Tu viens de me le dire à l'instant. — Moi? — Oui, toi. — Tu es fou... » Et il hausse les épaules ironiquement.

Autre distraction, plus drôle, de ce cher camarade. Sa mère un peu souffrante, l'appelle dans sa chambre et lui dit de porter une bouillotte remplie d'eau chaude à la cuisine et un flacon dans le cabinet de toilette. Arthur entre gravement dans le cabinet de toilette, ouvre un panier à linge, verse doucement et délicatement dessus tout le contenu de la bouillotte. Il s'aperçoit tout à coup de sa bévue et pousse des cris d'effroi à la vue du linge complètement inondé par le torrent chaud qui est tombé dessus.

« Mais les camarades profitent de ses distractions pour lui faire des farces. L'autre jour, pendant une récréation, l'un d'eux est rentré en cachette dans la salle de classe et a versé du sucre en poudre dans son encrier. Tu sais que l'encre additionnée de sucre, ne peut adhérer convenablement à la plume et qu'il est impossible d'écrire. De fait, pendant la classe d'histoire qui suivait, Arthur n'a pu prendre une seule ligne de notes. Le plus fort, c'est qu'il a été assez longtemps avant de s'apercevoir qu'il ne réussissait à tracer aucun mot sur son cahier ! Je crois que ce sont les rires étouffés qui lui ont donné l'éveil !

« Veux-tu encore une histoire? Il y a trois jours, il faisait très beau. Je rencontre Arthur, dans l'avenue de Paris, son capuchon enfoncé sur sa tête. « Tu as froid? — Non ; pourquoi? — Mais tu as ton capuchon. — C'est qu'il pleut. » Je le regarde stupéfait ; il rit en s'apercevant de son erreur, et me prend par le bras en s'écriant :

« C'est en Bretagne qu'il faut aller, tu entends, en Bretagne.... C'est plein d'églises, de calvaires, de statues où l'on se rend en pèlerinage. Je vais aujourd'hui « potasser », comme nous disons au lycée, le guide de Bretagne».

UNE RIVALE

TANDIS que les événements que nous venons de raconter se passaient dans la paisible ville de Versailles et dans la pittoresque cité du Puy, Arles, sous le beau soleil du Midi, voyait des scènes imprévues.

Dans une rue où se trouvent de vieilles et belles maisons, demeurait, dans un ancien hôtel datant du temps de Louis XIV, la famille Dambert, que la lecture du *Coq gaulois* avait bouleversée. Cette famille se composait du père, de la mère, d'un garçon de dix-huit ans et d'une fille âgée de douze ans.

M. et Mme Dambert possédaient de grands pâturages dans la Camargue, où M. Dambert faisait l'élevage des chevaux.

Le fils, Paul, avait fini ses études et, aimant passionnément la campagne, les chevaux et la liberté, il se disposait à aider son père dans sa vaste exploitation.

La petite Colette était gâtée et choyée par ses parents et son frère, heureux d'aller au-devant de tous ses désirs.

Elle menait une vie fort agréable, montait à cheval comme une amazone, conduisait une auto comme le meilleur des chauffeurs, ramait comme un matelot exercé ; bref, tous les sports lui étaient familiers.

Son frère avait coutume de la traiter comme une reine et de satisfaire toutes ses fantaisies, quelque saugrenues qu'elles fussent, tandis que son père était en constante admiration devant cette petite aux yeux noirs et aux cheveux bouclés.

La mère, qui avait toujours été d'une faiblesse extrême pour son fils, l'était encore davantage pour cette enfant pleine de santé, de vie exubérante, mais capricieuse et fantasque. On racontait qu'un jour, alors qu'elle était toute petite, son père lui ayant apporté une poupée, elle l'avait prise et lui avait cassé la tête sur une pierre, en déclarant que les poupées, c'était bête et ennuyeux.

Colette faisait son éducation à Arles, avec une institutrice très bonne, très intelligente, mais n'ayant rien de moderne, et qui regardait son élève comme un phénomène.

Cette institutrice était très myope ; aussi portait-elle constamment des lunettes dont les tours d'écaille brune formaient deux cercles autour de ses yeux ; quand il y avait un dîner ou quelque réception chez les Dambert, ou dans des familles amies, Mlle Marlvin — tel était son nom — abandonnait ses lunettes et prenait un face à main, dont elle se servait avec timidité et gêne ; il en résultait qu'elle ne voyait pas grand'chose. Colette s'en donnait alors à cœur joie, de faire mille étourderies et bien des sottises.

Le 9 mai, le jour où parut dans le *Coq gaulois*, l'article relatif au concours de M. Toupie, M. Dambert revint fort tard pour le déjeuner, avec son fils.

Le temps était superbe. La conversation roula principalement sur les progrès de la végétation dans la Camargue.

Colette, contre son habitude, était assez silencieuse.

Après le déjeuner, la famille se réunit, comme à l'ordinaire, dans un petit salon dont les fenêtres donnaient sur le Rhône ; cette pièce était particulièrement fraîche en été.

M. Dambert tira un journal de sa poche et dit à sa femme :

« As-tu vu, ce matin, le *Coq gaulois?*

— Non... mais Mlle Marlvin m'a dit qu'il y avait un drôle de concours.

— Quel concours? Quel concours? s'écria Colette en se précipitant sur les genoux de son papa. Dis vite.

— Attends... attends... je cherche... répondit M. Dambert, en dépliant son journal.

— C'est à la troisième page, dit Mlle Marlvin.... *Un concours sensationnel....* Il est organisé par M. Toupie !

— Oh ! Oh ! Toupie, en voilà un nom ! s'écria Colette, en secouant sa tête brune et en riant aux éclats.

— Voilà : *Un concours sensationnel.* »

Et M. Dambert lut l'article que nous

connaissons déjà. ainsi que les onze conditions du concours.

Colette avait écouté attentivement.

« Papa ! Papa ! s'écria-t-elle, je veux chercher le trésor de M. Toupie.... Je veux chercher le trésor de M. Toupie ! »

La figure de Mlle Marlvin prit une expression consternée. Quelle mauvaise inspiration avait-elle eue de parler de ce concours ? Sans elle, personne sans doute n'en aurait eu connaissance. Si Colette se mettait dans la tête d'entreprendre la recherche du trésor, rien ne la retiendrait, et elle partirait ! Inutile maintenant d'opposer une objection.

Mme Dambert, aussi interdite que Mlle Marlvin, regardait l'institutrice d'un air navré.

« Mais, ma chérie, dit M. Dambert, qui partageait les mêmes appréhensions que sa femme, ce concours est réservé aux garçons ; tu n'as pas écouté: « *M. Toupie a déposé la somme de 50 000 francs qu'un garçon, âgé de moins de quatorze ans, devra découvrir.* » Tu vois, il n'y a rien là pour toi.

— Rien pour toi, ajouta Mme Dambert, en poussant un soupir de satisfaction.

— Rien pour vous, répéta Mlle Marlvin, comme soulagée d'un grand poids.

— Rien pour moi !... rien pour moi ! répéta Colette en tapant du pied.... Il est idiot, M. Toupie, idiot.... Mais (ici, un sourire de triomphe éclaira le visage de la fillette), pourquoi ne le chercherais-je pas tout de même... en compagnie d'un garçon... non, toute seule... et si je le trouvais, je dirais à M. Toupie : « Voilà, j'ai mis la main sur le trésor, avant tous les garçons. N'y ai-je pas droit ? »

— Mais il te refusera le trésor, voyons. Un concours, c'est un concours, et les conditions données sont immuables.

— Eh bien, je triompherai pour l'honneur !

— Bravo ! bravo ! petite sœur ! Voilà qui est chic ! » s'écria Paul, rempli d'admiration.

Lorsque **Colette** émettait une idée aventureuse, ou même parfaitement saugrenue, il se trouvait toujours un membre de la famille pour l'approuver, de sorte que la fillette était assurée de triompher.

« Alors, cher petit papa, s'écria Colette, en reprenant sa place sur les genoux de M. Dambert, c'est entendu, je cherche le trésor de M. Toupie ?

— Mais où ? Comment ? Quand ?

— Dans toute la France. Comment ? En automobile. Quand ? Tout de suite...

Mlle MARLVIN NE SEMBLAIT PAS TRÈS CONTENTE

Ne dis pas non, ne dis pas non... je pars demain, je:...

— Voyons, Colette, interrompit Mme Dambert, sois raisonnable. Admettons que nous consentions à te laisser concourir, prends le temps de réfléchir. Tu parles comme une étourdie... que tu es....

— Oh ! maman, tu peux venir avec moi. Je serais bien contente si tu m'accompagnais. Je n'ai jamais voyagé. Je ne connais rien, en dehors d'Arles et de la Camargue. Je m'instruirai. Mlle Marlvin répète assez souvent que je suis une ignorante. Eh bien ! en voilà une occasion de m'instruire !

— Colette a raison, dit encore Paul. Mais c'est moi qui m'offre pour l'accompagner... pas longtemps, parce que j'ai beaucoup de travail ici. Après tout, ce n'est pas si bête que ça d'aller chercher ce trésor.

— Oh ! Tu vois, papa. Paul, qui est si raisonnable, pense que mon idée n'est pas du tout folle. »

Colette riait en se frottant les mains. Elle secouait sa tête, tout en envoyant des coups d'œil ironiques à Mlle Marlvin.

« Allons, continua le grand frère, passe-moi le journal, que je lise ce que dit le grand Toupie !

— Le grand Toupie ! admirable ! s'écria Colette en applaudissant.

« —Seulement, inutile de compter sur moi pour étudier le programme du concours ; je veux bien aller avec toi, m'occuper des logis, des transports ;

COLETTE FIT ELLE-MÊME SA VALISE

quant à chercher à appliquer les onze points du concours, ça, non ! »

Paul était un garçon qui avait fait de très bonnes études, mais la vie au grand air, les courses dans la Camargue l'enthousiasmaient par-dessus tout, et sa vie intellectuelle se bornait à la lecture d'un journal, où il recherchait de préférence les articles politiques.

« Ah ! s'écria Colette, on n'a pas besoin de toi : Mlle Marlvin, qui sait tout, nous dirigera....

— Mais je ne connais pas toute la France, je ne....

— Ta ! ta ! ta ! mademoiselle, vous dites ça ; seulement, lorsque vous me donnez mes leçons, vous prétendez....

— Colette, sois polie ! interrompit Mme Dambert.

— Je suis polie ! s'écria la fillette en devenant rouge comme une cerise. Mademoiselle ne veut pas partir avec moi... eh bien ! je partirai seule... avec Paul.... Papa, je prendrai l'auto découverte. Dis, papa ? Tu veux bien ?

— Mon enfant, je consentirai à tout ce qui sera raisonnable ; seulement, je suis comme ta maman, comme Mlle Marlvin,... je te poserai des conditions.

— Quelles conditions ?

— D'abord il faut que tu saches bien vers quel endroit tu dois te diriger. Puis, Mlle Marlvin ne te quittera pas, à moins que ta maman....

—Oh ! voyager en auto... je déteste ce mode de locomotion, dit Mme Dambert.

— Et il sera convenu que Paul vous accompagnera.

— Eh bien : *Primo*, je saurai d'ici demain où diriger mes pas... n'est-ce pas, mademoiselle ? *Secundo* : Mlle Marlvin viendra avec moi. *Tertio* : Quant à Paul...? »

La fillette se tourna vers son frère d'une manière interrogative.

« Je veux bien faire une randonnée en auto, à condition que nous ne nous absentions pas trop longtemps, car je ne peux pas abandonner papa en plein travail et puis... mes chevaux, qu'est-qu'ils deviendraient, si je ne les montais plus?...

— Oui ! Oui ! Entendu ! Nous partons demain, s'écria la fillette enthousiasmée.

— Ça, mon petit poulet, dit Paul, impossible. Le plus tôt que je puisse partir sera le 1er juillet.

— Oh ! là ! là ! Attendre aussi longtemps ! dit Colette d'un ton désespéré.

— Console-toi : vous emploierez ces semaines, Mlle Marlvin et toi, à travailler, à l'aide des livres indispensables, sur les données du concours ; comme ça, tu seras plus sûre de ne pas prendre une fausse direction et tu auras plus de chance de réussir.

— Tu crois ?

— Sois-en sûre ! D'abord, lorsqu'on entreprend quelque chose, il faut toujours se dire que l'on réussira. Sur ce, bonsoir. Prépare ton expédition. »

En disant ces mots, Paul se leva, alluma une cigarette et sortit en chantant l'air de « Malborough s'en va-t-en guerre ».

« Où irons-nous ? demanda Colette à son institutrice. Où se trouvent réalisées toutes les conditions du concours de M. Toupie ?

— Comment voulez-vous que je réponde à tant de questions à la fois ? »

Mlle Marlvin avait pris un ton un

peu mécontent, car la perspective de ce voyage ne l'amusait guère. D'abord, son élève, lorsqu'elle était seule avec elle, était absolument insupportable, et elle n'osait pas trop compter sur la bonne influence de Paul, qui était le comble de l'insouciance.

Ce fut donc en soupirant que Mlle Marlvin alla dans la bibliothèque chercher des ouvrages de géographie et s'y plongea. L'idée du trésor à conquérir n'éveillait en elle que des idées de fatigues et d'ennuis de toutes sortes. Lubie d'enfant gâtée, voilà tout !

D'abord, elle avait songé à faire profiter Colette de ses recherches ; en l'amusant, elle allait lui apprendre la géographie de la France, l'histoire, les particularités de chaque province, et, après tout, ce voyage ne serait pas sans résultat profitable. Mais, bah ! Au premier mot que Mlle Marlvin prononça : « Ma petite chérie, voilà un voyage qui va vous instruire... » la fillette l'interrompit en se bouchant les oreilles.

« M'instruire ? Ah ! là ! là ! Pourquoi faire ? Je ferai ce voyage pour m'amuser ! Dites-nous où nous devons aller, c'est tout.... »

Là-dessus, Colette était sortie en courant et avait rejoint son père et son frère qui partaient en voiture pour une de leurs fermes de la Camargue.

Durant les jours qui suivirent, chaque matin, Colette s'informait auprès de son père et de son frère : « Parlait-on dans les journaux du concours de M. Toupie ? » M. Dambert et Paul dépouillaient les gazettes avec la plus grande attention. Ainsi, la famille fut informée de l'accident arrivé au concurrent qui s'était cassé la jambe en montant à Notre-Dame de la Garde. Chaque jour aussi, Colette demandait à Paul s'il était prêt. Mais il devait expédier des bestiaux à destination de Marseille ; puis il attendait la visite d'acheteurs, et enfin,

il voulait assister à une grande course de taureaux camarguais qui devait avoir lieu aux Saintes-Maries, dans le courant de juillet. Tous ces retards faisaient enrager la fillette, mais il n'y avait rien à objecter, car son frère était aussi entêté qu'elle.

Colette profitait de cette attente forcée pour préparer ses bagages. Comme ils voyageraient en auto, il s'agissait d'emporter peu de malles et d'y mettre le strict nécessaire. La fillette se moquait de Mlle Marlvin, qui avait déclaré qu'elle enverrait ses bagages par le chemin de fer.

« Où ça ? avait demandé Colette.

— Mais dans la ville qui sera le centre de nos pérégrinations.

— Nous n'irons pas dans les villes, nous resterons dans les campagnes.

— Certainement non, » avait décidé Paul, qui n'aurait pas trouvé drôle d'être obligé de passer ses soirées dans des auberges campagnardes dépourvues de tout confort.

Alors, comme Colette était une petite fille très taquine, elle ne songea plus qu'à empêcher Mlle Marlvin d'em-

L'AUTOMOBILE S'AVANÇA DEVANT LE PERRON.

porter une malle, espérant que l'on séjournerait dans les lieux les plus perdus de France.

« Ma petite, avait déclaré Paul, c'est moi qui conduirai l'auto ; donc, je ne m'arrêterai qu'aux endroits où

COLETTE ADORAIT DE MONTER A CHEVAL.

nous ne serons pas trop mal....

— Et le trésor ? Nous irons où il faudra le trouver !... »

— Le trésor ! Si tu crois que nous le trouverons.... »

Et le grand frère riait de la figure dépitée que faisait sa sœur.

Enfin, Mlle Marlvin déclara que la Bretagne, d'après les lectures préparatoires auxquelles elle s'était livrée, lui semblait la province qui devait correspondre le mieux aux données du concours. Il était certain qu'il y avait des statues de Vierges sur des rochers, du côté de Notre-Dame-d'Auray ou de Ploërmel.

« Toute la France à traverser ! soupira Mme Dambert.

— Oh ! que ça va être amusant ! » s'écria Colette, en sautant au cou de sa maman.

Les derniers jours qui précédèrent le départ furent très agités. Mlle Marlvin, d'accord avec Paul, qui ne vou-lait pas trop charger l'auto, envoya deux malles à Vannes. A l'arrière de la voiture étaient fixées deux mallettes plates ; dans l'intérieur, il y avait place pour les sacs, les valises, les couvertures, les manteaux, les parapluies, les appareils photographiques et les cannes ; Paul avait pris ce voyage du bon côté. Il riait de voir sa sœur se démener au milieu des préparatifs. Il visiterait des pays amusants ; peut-être pourrait-il faire d'utiles observations sur l'élevage, et puis, après tout ; la recherche du trésor de M. Toupie ne durerait pas tout le temps. Colette se lasserait vite.

Enfin, un jour de juillet, de grand matin, l'automobile s'avança devant la porte de la maison. C'était une voiture découverte, très confortable et pouvant accomplir de longues randonnées. Mlle Marlvin parut ; elle portait un grand manteau de laine taupe ; sur son chapeau, elle avait mis un voile.

Colette se jeta au cou de sa mère et lui donna de nombreux baisers retentissants, en l'appelant sa petite maman chérie, car elle était très émue à la pensée de la quitter. Puis, ce fut le tour de son papa. Celui-ci tirait ses courtes moustaches comme lorsqu'il était un peu triste.

Colette portait une robe de laine beige ; elle avait jeté son manteau dans l'intérieur de la voiture, mais sa maman la supplia pour qu'elle l'endossât, ce qu'elle fit, ne voulant pas causer à cette mère qu'elle aimait tendrement la moindre peine, au moment du départ ; mais, comme Paul, elle resta la tête découverte, afin de recevoir l'air pur sur le visage.

Colette monta à côté de son frère ; Mlle Marlvin s'assit au fond de la voiture. Le domestique mit en marche le moteur.

Paul s'écria :

« En avant ! » et l'on partit à très grande allure. Colette agita son mouchoir pendant un long moment.

On passa devant la promenade des Alyscamps et Paul s'engagea sur la grande route de Lyon où les voyageurs devaient déjeuner entre midi et une heure, si aucune panne ne se produisait.

CHARLES ET ARTHUR SE METTENT EN ROUTE

CONNAIS-TU le Mont Dol? demanda un matin Charles à son ami Arthur.

— Non, pas du tout. Où est-il, ce Mont Dol?

— En Bretagne, près de la baie du Mont Saint-Michel.

— Tu as trouvé ça hier?

— Oui. Chez ton père il y a un magnifique livre sur la Bretagne, avec beaucoup de photographies ; je l'ai lu entièrement. Et j'ai appris qu'au Mont Dol, près de Dol, il y avait une statue de la Vierge.

— Alors tu crois qu'il est là... le trésor de M. Toupie? demanda Arthur un peu incrédule.

— Je n'en sais rien du tout. Mais il faut une statue de la Vierge. En voilà une.... Bon. Je vois, d'après le *Guide Bleu* de Bretagne, que c'est un pays qui a une vieille église. Bon ! de vieilles maisons....

— Bon ! dit Arthur en imitant Charles.

— Oui, bon ! Alors je poursuis mon étude et je constate que beaucoup de choses répondent aux conditions du concours ; je conclus donc qu'il faut aller en Bretagne.... Suis sur le programme du concours. La montagne de Dol était consacrée aux druides. Or le point 2 parle d'un lieu historique. Il s'y trouve une statue de la Vierge sur une tour. Or, le point 3.....

— Le point 3 fait allusion à une statue sur un rocher et non sur une tour. Alors?...

— Oui, évidemment. Seulement, cette tour peut elle-même être construite sur un rocher. Tout cela est à voir.

— Continue, prononça gravement Arthur.

— La ville de Dol a été construite par une colonie de Bretons venus d'Angleterre et amenés par saint Samson en 548.... Hein ! je pense que c'est vieux?

« De Dol, on a une vue magnifique sur la terre et la mer. Ceci concerne le point 4.

— Mais vois-tu des arbres, des rochers, un lac?

— Nous le saurons lorsque nous y serons.

— Bravo ! Continue....

— Dol possède une cathédrale du xiii⁰ siècle, de style gothique. »

Arthur, tenant à la main la feuille sur laquelle sont inscrits les « points » du concours, dit :

« Point 5. Parfait.

— Vieilles maisons remontant au xiii⁰ siècle,... arceaux romans.

— Point 8. Reparfait.

— Je ne te signale pas tous les détails intéressants que j'ai appris. Bref, mon avis, c'est qu'il faut commencer par aller à Dol.

— Allons à Dol ! s'écria Arthur. N'est-ce pas là que se trouvent des marais curieux?...

— Oui. Il existait entre Dol et la baie Saint-Michel quinze mille hectares de marécages que la mer a engloutis vers le vi⁰ ou vii⁰ siècle. Plus tard on construisit des digues. Le

LE PLUS VIEIL INVITÉ PORTA UN TOAST ENTHOUSIASTE AUX VOYAGEURS.

marais se dessécha lentement, et cela fut une source de richesses pour le pays ; des arbres entiers avaient été submergés. Ces arbres, maintenant, on les retire de l'ancien marécage ; une fois revenus à l'air, ils se durcissent, acquièrent une force de résistance extraordinaire, deviennent noirs comme de l'ébène, et leur bois sert à faire des meubles, de la marqueterie, etc....

— Cel. va être joliment amusant de visiter tout ça, ne crois-tu pas? conclut Arthur.

— Sûrement. Nous parcourrons le pays à bicyclette, nous descendrons dans les auberges, nous déjeunerons sur l'herbe.... »

M. Treillard, mis au courant, approuva le projet de Charles. Arthur lui parla avec enthousiasme de la Bretagne et de tout ce que son ami lui avait dit sur la région qu'ils allaient parcourir.

« Au moins, pensa M. Treillard, cela va lui faire apprendre la géographie ! »

Le soir même, en effet, Arthur se plongeait dans la lecture de l'ouvrage sur la Bretagne dont lui avait parlé son ami ; son père l'entendait s'écrier de temps en temps à mi-voix :

« Ah ! Ah ! Fameux. Très intéressant. »

On aurait dit qu'il découvrait la Bretagne.

De leur côté, dans leur petit appartement de la rue de l'Orangerie, Charles et son frère Louis s'entretinrent affectueusement du voyage. Charles se voyait déjà en possession du trésor ; Louis, tout en ne voulant pas le décourager, essayait de calmer son enthousiasme en lui faisant remarquer que M. Toupie avait assemblé beaucoup de difficultés dont il fallait triompher.

De nombreux concurrents sans doute s'étaient mis à sa recherche ; peut-être l'un d'eux avait-il même déjà trouvé le trésor.

« Que feras-tu pendant mon absence? demanda Charles qui se séparait de son frère avec quelque tristesse.

— J'ai plusieurs travaux en cours. Et puis, tu sais qu'en été beaucoup de mes confrères s'absentent : je serai là pour les remplacer.

— Tu ne prendras pas de vacances ! s'écria Charles.

— Mais si. Lorsque tu auras trouvé le trésor de M. Toupie, j'irai te rejoindre et nous ferons un petit voyage tous les deux. »

Enfin, le jour de la distribution des prix arriva.

Charles obtint de nombreuses récompenses, car il avait admirablement travaillé durant toute l'année, et ses dernières compositions en particulier avaient été excellentes. Arthur, qui avait fourni un effort beaucoup moins considérable, n'obtint que quelques accessits.

M. Treillard avait nommé Charles trésorier de l'expédition, mais il avait eu soin de remettre aussi une certaine somme à Arthur : il était imprudent de mettre tous les œufs dans le même panier. Si Arthur, par une de ces étourderies dont il était coutumier, s'égarait ou manquait un train, il fallait bien qu'il pût prendre un billet ou une voiture. D'autre part, il était convenu que M. Treillard ferait parvenir de l'argent aux voyageurs lorsqu'ils en auraient besoin ; Arthur devait envoyer chaque dimanche et chaque jeudi, soit une lettre, soit une carte postale à ses parents. Louis n'exigea rien de Charles : il savait qu'il lui écrirait souvent. Il lui donna au moment de partir une petite somme pour qu'il eût un peu d'argent à lui. Charles l'accepta en se promettant de la rendre intacte à son frère... et même considérablement grossie, si... si.... Ah ! ce trésor de M. Toupie !

Les bagages des deux garçons consistaient en deux valises plates, assez grandes pour contenir les vêtements indispensables, mais faciles à manier. Il ne fallait pas être embarrassé par de gros colis pour aller d'un endroit à un autre. Sur chacune de leur bicyclettes qu'ils emportaient étaient fixées de très jolies musettes, cadeaux de Mme Treillard ; munies de belles courroies jaunes, elles pouvaient au besoin être portées en bandoulière.

Arthur, pour fêter le départ, avait convié une vingtaine de camarades à venir goûter chez lui dans l'après-midi de la distribution des prix. Per-

sonne ne connaissait le but de leur voyage ; on savait seulement que Charles et Arthur allaient visiter la Bretagne. La réunion fut joyeuse. Tous ces gar-

çons partaient, les uns pour une plage, les autres pour la campagne ou la montagne. Les soucis, les mauvaises places, les compositions ratées, les pensums, les retenues, tout s'était envolé et chacun se voyait libre pour plus de deux mois. On mangea force babas, force éclairs, force tartes aux cerises ; enfin on vida une coupe de champagne et le doyen des invités porta un toast à Charles et à Arthur.

« Chers amis, nous vous souhaitons beaucoup de plaisir, beaucoup d'aventures et beaucoup d'imprévu. Nous savons qu'avec Arthur on peut prévoir les choses les plus comiques, mais avec Charles nous sommes rassurés, car son esprit sage et pondéré remettra les choses d'aplomb.

« Vivent les voyageurs ! »

Tous, autour de la table où était servi le goûter, levèrent leurs verres en répétant : « Vivent les voyageurs ! »

Et l'on se sépara après beaucoup de démonstrations de cordialité.

Le départ des deux amis eut lieu le lendemain matin. Le train partait à 9 h. 45. Charles fut exact. D'une main il tenait sa valise, de l'autre il poussait sa bicyclette. Son frère l'avait accompagné et ils attendaient Arthur devant le contrôle, car les bicyclettes devaient être enregistrées ensemble. Mais on ne voyait pas arriver Arthur.

« Le voilà qui commence avec ses étourderies, s'écria Charles mécontent ; nous allons manquer le train !... Tous nos plans vont être bouleversés.... Ah ! cet Arthur !

— Un peu de patience, répondit Louis en tirant sa montre, nous avons encore dix minutes. »

Tandis qu'il prononçait ces mots, une auto arrivait à toute allure et s'arrêtait au bord du trottoir.

M. Treillard en descendit vivement ; il prit la valise, le chauffeur se saisit de la bicyclette, et, suivis d'Arthur, ils se précipitèrent dans la gare. Arthur bondit de l'auto ; il tenait sa cravate d'une main, de l'autre son pardessus. Il mordait dans un petit pain.

« Ah ! j'étouffe, je n'ai pas fini ma toilette... papa m'a pris au collet... j'ai à peine eu le temps d'embrasser maman... je... je....

— Allons... voilà le bulletin de bagages... Charles, prenez-le, s'écriait M. Treillard qui, en un instant, avait fait enregistrer les bicyclettes.... Allons.... »

Tout en courant, les voyageurs gagnèrent le train ; déjà on fermait les portières.

M. Treillard poussa son fils dans un compartiment. Charles y grimpa à la suite. M. Treillard lui serra vigoureusement la main tout en lui criant, tandis que le train démarrait : « Si Arthur vous donne trop d'ennuis, renvoyez-le-moi ! »

Charles et Arthur, penchés à la portière, agitaient leurs casquettes.

« Au revoir ! Au revoir ! »

Ils virent bientôt disparaître M. Treillard, Louis et le chauffeur, qui riait encore en pensant à Arthur que son père avait, littéralement sorti du lit et conduit à la gare à demi endormi.

Lorsque la gare se fut effacée à leurs regards, Arthur se laissa tomber sur la banquette en s'écriant :

« Ouf ! Je vais d'abord achever mon petit pain et...

— ... finir de t'habiller, continua Charle en riant.

— Oui, tu as raison. Mais tu sais, je suis furieux parce que j'ai très mal dit adieu à maman.

— Et pourquoi ne t'es-tu pas levé plus tôt ?

— Parce que je ne me suis pas réveillé.

— Ça, c'est une raison !... » dit Charles en riant.

Tandis que ce dernier arrangeait ses bagages et se saisissait du *Guide Bleu*, Arthur acheva sa toilette tout en monologuant :

« Ce que tu es joliment ficelé, toi ! Tes bas sont bien tendus sur tes jambes. Et puis ils sont chics... Où les as-tu achetés ? A Paris, à la *Vieille Angleterre*, n'est-ce pas ? Et tes chaussures, elles reluisent comme le soleil... et bien lacées.... Quant à ta ceinture, à ton col, à ta cravate, tout est correct.... Tu vas avoir honte de ton ami Arthur.... Non... parce que tu es un brave camarade.... Ah ! ma cravate est-elle droite ? Tu n'as pas un miroir ? Moi, j'en avais un, seulement je l'ai cassé ce matin, en mettant le pied dessus.... Merci, tu es bien gentil. »

Charles avait pris un miroir dans sa valise et l'avait fixé sur un des dossiers du wagon.

« Voilà.... Maintenant, mes cheveux. Là, un bon coup de peigne et ça y est. Ma casquette en place... là... voilà. Comment la trouves-tu ? Moi, je préfère la tienne. Mais comme elle est grande !...

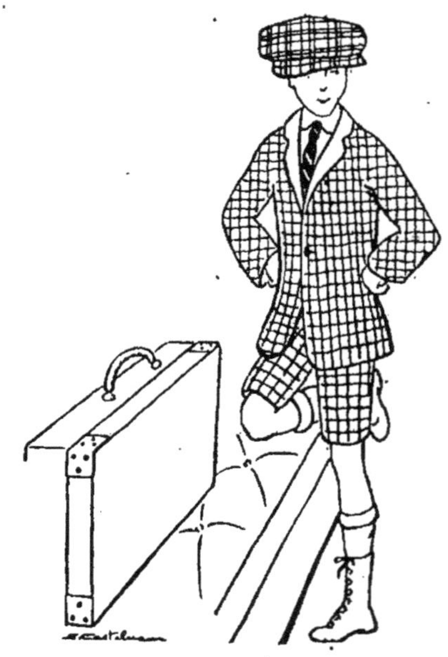

Elle s'enfonce sur les oreilles.... Oh ! là... là... c'est la casquette de papa que j'ai prise au lieu de la mienne.... Oh ! sapristi... je suis ridicule... je ne peux pas la garder. »

Et Arthur regardait sa figure devenue tout à fait comique sous une casquette trop large.

« Écoute, à Rennes, nous achèterons une casquette ; tu comprends, je ne veux pas voyager nu-tête.... A propos, n'est-ce pas, nous passons la nuit à Rennes ?

— Oui, mais le lendemain, départ pour Dol.

— Bah ! nous avons le temps... un jour de plus, un jour de moins, cela n'a aucune importance.

— Et le trésor ?

— Il ne s'envolera pas, tu peux en être certain.

— Et si un autre le découvre avant nous !

— Non, non... ne me dis pas cela, je ne dormirai plus.... »

La journée se passa fort agréable-

CHARLES ET SON FRÈRE LOUIS EXAMINÈRENT ENCORE UNE FOIS
LES CONDITIONS DU CONCOURS.

chose pour lui, ne perdait pas un mouvement d'Arthur. Il dressait ses oreilles, penchait la tête de côté et, lorsque la valise fut posée sur la banquette, il se dressa et appuya ses pattes à côté de la mallette. Ses maîtresses tirèrent sur sa laisse, mais il résista ; alors elles le saisirent par son collier.

« Pardon, mesdames, dit Arthur en ôtant sa casquette, permettez-moi de donner un berlingot à votre chien ?

— Oh ! nous sommes confuses ! Dick est tellement gourmand !

— Il a bien raison, il est comme moi ».

Arthur avait trouvé la boîte ; il eut beaucoup de peine à l'ouvrir. Le chien continuait à suivre son manège avec un vif intérêt.

Tout à coup le couvercle de la boîte céda brusquement et une partie des berlingots se répandit à terre.

Le chien fit un violent effort, celle des voyageuses qui tenait sa laisse la lâcha et le bon Dick, en quelques bouchées, avala tous les bonbons tombés dans tous les coins du compartiment.

« Mais, s'écria Arthur, tu avales trop vite, mon vieux, beaucoup trop vite ; tu vas étouffer.... D'ailleurs tu n'en auras plus d'autres. »

Le chien remuait la queue d'un air indifférent : il savait bien que toute la boîte ou presque serait pour lui....

Les voyageuses et le chien descendirent à Laval ; le chien fit de tendres adieux à Arthur et, tandis qu'il s'éloignait sur le quai, il tournait sans cesse la tête pour regarder si son nouvel ami ne le suivait pas.

« Adieu ! » s'écria Arthur en agitant sa main à la portière. Puis il reprit sa place dans le compartiment.

De nombreux voyageurs étaient montés ; ils circulaient dans le couloir, tenant à la main des valises, des cannes et des parapluies, et chacun voulait avancer, augmentant l'encombrement. Bientôt, il fut impossible de se diriger d'un côté ou de l'autre.

ment pour les deux jeunes gens. Ils déjeunèrent au wagon-restaurant, en face de deux jeunes Anglais qui allumèrent des cigarettes après le premier plat ; tous deux parlaient peu et mangeaient beaucoup.

Au Mans, le train resta dix minutes en gare. Au moment du départ, Arthur n'était pas là ! Charles commençait à s'arracher les cheveux en se demandant ce qu'il devait faire, quand il s'entendit tout à coup appeler. C'était Arthur. Entendant le signal, il était monté dans un wagon de l'arrière du train et, pour regagner sa place, avait suivi la série des couloirs !

Dans le compartiment qu'occupaient Charles et Arthur, se trouvaient deux voyageuses qui tenaient en laisse un magnifique chien de berger belge. Ce chien était encore jeune et ne cessait de remuer. Naturellement il s'approcha de nos jeunes amis qui le caressèrent. Arthur ouvrit sa valise, en tira une boîte de berlingots. Pendant ce temps, le chien devinant avec son flair que l'on cherchait quelque

Jusqu'à Rennes, le wagon resta au complet. Les deux garçons parlaient peu. Ils regardaient le paysage qui se déroulait sous leurs yeux. Charles avait recommandé à Arthur de ne pas trop parler du trésor de M. Toupie devant les voyageurs, car l'on ne pouvait jamais savoir à côté de qui on se trouvait et il était inutile de fournir des précisions à des gens qui le cherchaient peut-être eux aussi.

Les deux jeunes garçons arrivèrent le soir, à six heures, à Rennes. M. Treillard avait retenu par télégramme pour eux une chambre à l'hôtel d'Angleterre. Le portier regarda avec quelque étonnement ces deux jeunes garçons chargés de deux valises et de deux bicyclettes.

Dès qu'ils furent installés dans leur chambre, et en attendant l'heure du dîner, Arthur courut acheter une casquette.

Un magasin était encore ouvert et il trouva ce qu'il souhaitait ; il revint en courant à l'hôtel où Charles l'attendait. Il monta dans sa chambre pour se laver les mains, et en redescendant il n'avait plus de casquette ! Impossible de la retrouver !

Ou l'avait-il mise? Il ne se rappelait plus. Tous les garçons se mirent à la chercher, mais elle resta introuvable. Arthur riait aux larmes de l'aventure, mais Charles, malgré son envie de prendre la chose gaîment, déclara à son camarade que, désormais, l'achat de ses casquettes serait pris sur son argent de poche et non sur celui du voyage.

La grande salle du restaurant de l'hôtel était pleine. Il y avait quelques familles avec de jeunes lycéens qui partaient en vacances, des habitants des environs, venus à Rennes pour un marché important. Ce qui amusait particulièrement Arthur c'était de commander les repas. Il voulait composer les menus les plus bizarres, car nos amis, dans leur enthousiasme au début de ce passionnant voyage, s'offrirent le luxe de manger « à la carte »! De là de vives contestations entre les deux amis. Après la confection du menu, ils se divertirent fort à contempler l'animation de la salle.

« Crois-tu que, parmi ces voyageurs, il y en ait qui cherchent le trésor de M. Toupie? souffla tout bas Arthur à Charles.

— Peut-être..., peut-être ce jeune garçon qui se trouve avec ce monsieur tout rasé, là-bas, au fond de la pièce.

— Peut-être M. Toupie est-il lui-même ici?

— Si c'était ce vieux monsieur qui est assis dans le coin auprès d'une dame âgée?

— M. Toupie doit être célibataire.

— Pourquoi? dit Arthur tout étonné.

— Parce que l'on ne peut penser à organiser un concours comme le sien que lorsqu'on est seul au monde. »

Cette pensée, aussi profonde que philosophique, plongea Arthur dans un abîme de réflexions.

Les deux amis se couchèrent très tôt, car ils étaient un peu fatigués. Charles écrivit un mot à son frère pour lui annoncer sa bonne arrivée et Arthur adressa une lettre bien tendre à sa mère.

« Tout de même, pensait-il, ce matin papa m'a un peu trop pressé et je n'ai pas assez embrassé maman en partant. »

DES AUTOMOBILISTES TROP COMPLAISANTS.

COMME Arthur aimait de temps à autre à faire la grasse matinée, il était convenu entre les deux amis que le lendemain il aurait toute liberté de se lever tard. Charles, au contraire, fut sur pied de bonne heure, car il voulait faire une promenade à bicyclette dans la ville. Il quitta l'hôtel alors qu'Arthur dormait encore paisiblement. Il traça les mots suivants sur un bout de papier : « Je serai de retour vers midi et demi pour le déjeuner, attends-moi. » Et ce bout de papier, il le piqua sur la casquette d'Arthur qu'il avait retrouvée sous une commode et qu'il plaça bien en évidence sur la table de la chambre. Monté sur sa bicyclette, il se rendit d'abord à la gare pour savoir l'heure des trains. Puis il parcourut toute la ville.

Près de l'Hôtel de ville, il aperçut deux jeunes garçons écoutant les explications données par un monsieur d'une trentaine d'années qui les accompagnait. Le groupe se dirigea ensuite vers la porte Mortelaise. Charles, en tenant sa bicyclette par le guidon, les suivit sans qu'ils fissent attention à lui.

« Un précepteur et ses élèves sans doute, se dit Charles. Est-ce que l'un des jeunes garçons chercherait le trésor? »

Il semblait à Charles que toute la France pensait au concours de M. Toupie. Les jeunes gens et leur guide se dirigèrent vers les quais de la Vilaine ; Charles les abandonna, dans la crainte d'être remarqué par eux s'il s'obstinait à les suivre.

Un peu après midi, Charles rentra ; il avait résolu de prendre un train vers trois heures, pour être vers cinq heures à Dol. Mais Arthur n'était pas à l'hôtel.

« Ah ! l'animal, se dit Charles, il est allé faire un tour comme moi. »

Il s'installa dans le hall pour attendre son ami. Un quart d'heure se passa, une demi-heure, pas d'Arthur. Charles regardait sa montre, jetait des regards du côté de l'entrée, se rasseyait. Enfin il demanda au portier :

« Mon ami est sorti?

— Oui, monsieur... je crois.... Oui, la clef de sa chambre est là ; » et il désignait le tableau auquel toutes les clefs étaient accrochées, chacune portant, découpé dans un disque de cuivre, son numéro.

Charles eut l'idée de monter dans la chambre. Que trouva-t-il? Son bout de papier était toujours fixé sur la casquette ! Arthur n'avait même pas touché celle-ci.

« Voilà. Il est sorti sans casquette. Quand diable reviendra-t-il? »

Il descendit et se fit servir à déjeuner, parce qu'il avait très faim. En entrant dans la salle à manger, il aperçut les jeunes gens qu'il avait rencontrés au cours de sa promenade et celui qu'il estimait être leur précepteur.

Cette nouvelle rencontre ranima ses inquiétudes. Il s'agissait de savoir quel était le but du voyage de ce groupe.

Et Arthur qui ne venait toujours pas !

Charles commençait à avoir un peu d'appréhension. Arthur n'était plus un bambin, évidemment, mais pouvait-on prévoir où l'entraînerait son étourderie? Et Charles sentait qu'il était un peu responsable de son ami.

A deux heures et demie, Arthur n'était pas encore là. Impossible de

prendre le train. Alors Charles se décida à aller à la recherche d'Arthur. Au moment où il allait franchir le seuil de la porte, un domestique de l'hôtel l'arrêta :

« Monsieur Lefrançois, on vous de-

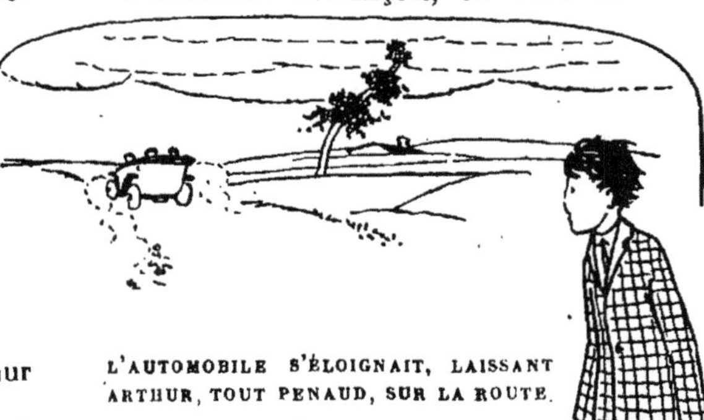

L'AUTOMOBILE S'ÉLOIGNAIT, LAISSANT ARTHUR, TOUT PENAUD, SUR LA ROUTE.

mande au téléphone. »

Charles se précipita, saisit le récepteur.

« Allo ! c'est toi, Arthur?

— ....

— Oui, j'ai déjeuné.... Où es tu ?

— ....

— Tu es à Cancale ! Comment y es-tu allé?

— ....

— Avec qui? Je n'entends pas.

— ....

— Ah ! avec trois Anglais... en auto !

— ....

— ... Tu rentres... tu seras là dans une heure ?

— ....

— Bon. Je serai à l'hôtel.... Mais quelle frousse tu m'as donnée ! »

Charles raccrocha le récepteur. Quel étourneau que cet Arthur ! Aller à Cancale ! Avait-il cru qu'à Cancale il trouverait le trésor, là où il n'y a que des parcs à huîtres? Et se laisser entraîner par des gens qu'il ne connaissait pas ! Enfin il allait revenir. Mais Charles se promit de ne plus le quitter. En attendant il alla flâner, revoir l'Hôtel de ville, les vieilles maisons, et revint, espérant retrouver Arthur mais Arthur n'était pas encore de retour.

Il commençait à être sérieusement inquiet, quand tout à coup un bruit de voiture le fit se précipiter à la fenêtre. Que vit-il? Une carriole traînée par un cheval blanc harnaché moitié de cuir noir, moitié de cuir rouge, le cou entouré d'un collier de clochettes, et conduit par une paysanne vêtue d'un costume breton : fichu de laine noire à franges croisé sur la poitrine, tablier de soie noire, petite coiffe sur le sommet de la tête, fixée par un étroit ruban de velours sous le menton.

Tout en criant et en lançant, en patois, ce qui ne pouvait être que des injures, elle tenait Arthur par le bras, l'empêchant de descendre de la voiture. Arthur, les cheveux ébouriffés, blanc de poussière, le col de sa chemise ouvert, rouge comme un coq, criait aussi fort que la paysanne. Au bruit, plusieurs voyageurs sortirent de l'hôtel, et le portier se précipita, devancé par

Charles qui voyait son ami dans la plus ridicule des situations.

« Qu'y a-t-il ? » demanda-t-il.

La Bretonne répondit dans son patois. Arthur cria :

« Laissez-moi descendre, vieille folle !

— Voyons, Arthur !

— Laissez ce jeune homme descendre, » dit sévèrement le portier à la paysanne.

Elle obéit de mauvaise grâce, lâcha le bras d'Arthur qui sauta à terre en rajustant son col et sa veste.

« Paye cette femme que j'ai rencontrée à quelques kilomètres d'ici, dit-il à Charles. Donne-lui vingt francs. Je les lui ai promis. On m'a volé mon argent. Je n'ai plus un sou sur moi.

— Voilà vos vingt francs, dit Charles en tirant son portefeuille. Mais quelles raisons aviez-vous d'insulter mon ami ?

— Eh ! Est-ce que je savais s'il me payerait ? Je le trouve sur la route ; il me demande de le laisser monter dans ma carriole. Eh oui, que je réponds, mais faudra me payer. Ben sûr, qu'il dit.... Mais en chemin il m'a dit qu'il n'avait plus d'argent, qu'on l'avait volé.... Alors, moi, ça m'a tourné le sang....

— C'est bon ! C'est bon ! dit le portier. Vous avez votre argent. Détalez et plus vite que ça.... »

La paysanne saisit les brides de son cheval.

« Hue ! Dia ! » et la bonne femme partit en lançant sa bête au grand trot.

Pendant ce temps Charles entraînait Arthur dans sa chambre. Il était inutile de mettre les voyageurs de l'hôtel au courant de leurs aventures. Charles était prudent et il se méfiait de l'étourderie de son ami.

« Eh bien ! me diras-tu ce qui t'est arrivé ? demanda-t-il dès qu'il eut fermé la porte derrière eux.

— Volontiers, mais je voudrais d'abord prendre un bain, si tu le permets.

— Tu as été volé ?

— Oh ! la ! la ! plus un sou.... Attends, je prépare le bain. »

Tout en parlant, Arthur, qui était passé dans le cabinet de toilette, ouvrait les robinets d'eau chaude, d'eau froide et quittait ses vêtements.

« Écoute l'histoire. Quand je me suis réveillé ce matin, je t'ai appelé. Pas de réponse. Tu étais parti. (Arthur lança un de ses souliers à travers la pièce.) Je me lève furieux. « Cet animal, pensai-je, il a filé à l'anglaise ; c'est bon, je me vengerai.... Il aurait bien pu me prévenir. »

— Mais j'avais épinglé un mot sur ta casquette !

— Ah ? Je n'ai pas pris ma casquette, c'est pour cela que je n'ai pas vu ton mot. Donc, je ronchonnais. (Un autre soulier, d'un autre côté de la chambre.) Je m'habille, je descends et je prends mon café au lait. On me dit que tu es sorti ; alors, je sors aussi et je dirige mes pas vers les quais. Tout à coup, je vois à quelques pas de moi.... Aïe ! Aïe ! Que cette eau est chaude ! (Arthur, qui entrait dans son bain, se mit en devoir d'ajouter un peu d'eau froide) ... des espèces d'Anglais dans une auto qui cherchaient leur chemin. Ils me regardent, je les regarde. Ils avaient des lunettes bleues, de grands vêtements en cuir, des casquettes idem. « Aoh ! me dit l'un d'eux, paouvez-vous dire à nous le chemin de Cancale ? — Cancale, le pays des huîtres. — Aoh yes oui, pâfaitement. — Eh bien ! vous êtes sur la route, suivez tout droit et vous y serez dans une heure et demie environ.

— Comment savais-tu tout ça ? demanda Charles.

— Je le lisais sur une plaque, au coin de la rue.... Ils me répondent en anglais. Je fais signe que je ne comprends pas. Alors celui qui n'avait pas ouvert la bouche jusqu'ici m'explique, dans un baragouin anglo-français, que si je voulais leur montrer le chemin jusqu'à Cancale, je pourrais monter en auto, qu'ils devaient être de retour pour midi à Rennes. Ma foi, l'offre était tentante, je saute dans l'auto et nous filons.

— Mon Dieu ! Quelle imprudence ! s'écria Charles.

— Eh oui ! tu vas voir. La machine était bonne, nous marchions à une vitesse folle ; aussi inutile de me demander comment est le pays. Je n'ai aperçu que des silhouettes d'arbres, de vagues rivières, de vagues ponts.... Les kilomètres filaient.

— Mais tu étais absolument fou de suivre ainsi des inconnus ! dit Charles en laissant paraître la plus vive contrariété.

— Attends donc.... (Arthur s'enveloppait dans un peignoir et frottait ses cheveux ruisselants d'eau.) Nous atteignons Cancale. Il n'y a qu'une grande rue avec des maisons aux larges toits et aux petites fenêtres. Un des Anglais propose de déjeuner, et nous entrons dans une espèce d'auberge où l'on nous sert une omelette, des huîtres, du lard, des choux et du cidre. Comme les Anglais m'avaient fait faire une belle promenade, je leur offre le déjeuner.

— Il t'a coûté cher ?

— Non, trente-cinq francs. Mais en

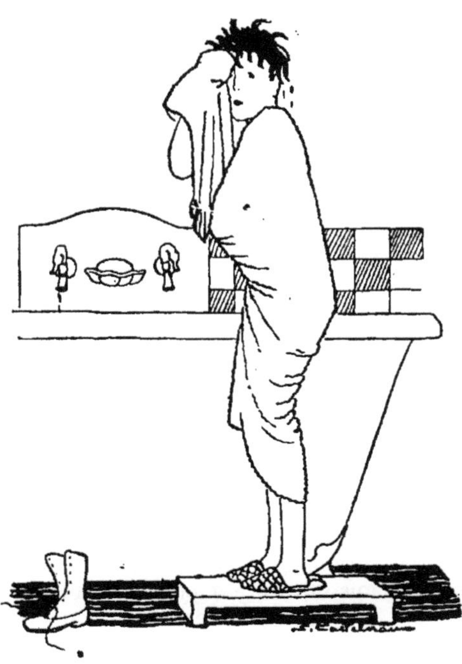

ARTHUR RACONTA SON HISTOIRE TOUT EN SE BAIGNANT.

tirant mon argent, je leur dis : « Ça, c'est mon argent de poche à moi ; mais c'est mon camarade qui a la caisse. » La caisse ? Ils ne comprenaient pas. Ils prononçaient la « caisse » d'un ton si comique que je me tordais de rire.

— Oui, tu avais certainement bu trop de cidre....

— Mais non. Je leur explique ce que c'est qu'une « caisse ». Ils rient, puis nous remontons en auto pour rentrer. Nous allions moins vite. Tout à coup, la voiture s'arrête. Une panne, un des Anglais descend, moi aussi. Nous examinons la voiture. Il n'y a rien. Attendez.... Tout à coup l'Anglais bondit dans l'auto, et avant d'être revenu de ma stupeur, je le vois disparaître avec son acolyte au bout de la route.

— Et tu restais la poche vidée de ton portefeuille ?

LA VIEILLE BRETONNE TENAIT ARTHUR PAR SON VESTON.

— Tu l'as dit, homme sérieux ! Ce que je rageais !... Mais que faire? Je me suis mis en route à pied. J'ai bien fait dix kilomètres, ne rencontrant que des paysans. Tous se retournaient, étonnés à ma vue.... Je devais avoir un drôle d'air. Enfin j'entends une carriole qui venait derrière moi. Je fais signe à la femme qui la conduisait de s'arrêter. Je lui propose de me ramener à Rennes pour vingt francs. Comme elle s'y rendait, elle accepte. Sur ce, j'ai eu le tort de lui raconter mon aventure ; alors elle s'est imaginée que moi aussi j'étais un voleur, d'où ses cris. Quelle vieille sorcière ! Quant à mes Anglais

— Tu peux leur courir après ! s'écria Charles. Mais dorénavant je ne te quitte plus, tu entends ! Et tu vas me promettre de ne jamais rien accepter de gens que tu ne connais pas.

— Oui, je te le promets.... Je ne veux plus te causer des ennuis. »

Arthur s'empressait de rassurer Charles, car il lisait sur le visage de ce dernier combien il avait été rendu inquiet par son escapade.

COLETTE DÉVORE LES KILOMÈTRES

TANDIS que Charles et Arthur commençaient à explorer la Bretagne méthodiquement, Colette Dambert, son frère et Mlle Marlvin, dans leur automobile, traversaient la France comme un bolide. Colette était enragée. Mlle Marlvin ayant cité la Bretagne comme l'un des pays où l'on trouverait le plus de statues de la Vierge, Colette voulait y arriver sans tarder. En quel lieu? Dans quelle ville?

Elle ne se donnait pas la peine de réfléchir. Il fallait au plus vite pénétrer dans la vieille province française. Cette précipitation ne provenait pas d'un manque d'intelligence ; mais Colette n'avait jamais été contrainte à beaucoup d'application et à la moindre discipline. Apprenant ses leçons avec facilité et faisant passablement ses devoirs, son esprit, quoique bien doué, ressemblait assez à un papillon qui voltige çà et là sans se fixer nulle part, et elle laissait aux autres le soin de penser pour elle.

Mlle Marlvin luttait contre la légèreté de Colette, mais si un jour elle essayait d'exiger quelque régularité dans les heures de travail de son élève, justement, ce jour-là, Colette apprenait que son frère, dans l'après-midi, montait un nouveau cheval.

Alors, adieu les études ! Elles étaient remises au lendemain.

Mme Dambert grondait bien sa fille après ces équipées, et Mlle Marlvin la punissait ; mais le grand frère intervenait en se déclarant coupable d'avoir entraîné sa sœur, ou bien son père, qui craignait pour sa santé, réclamait de l'indulgence.

Le concours de M. Toupie n'intéressait guère Mlle Marlvin. Il faut être jeune pour s'enthousiasmer dans un cas semblable.

D'ailleurs, à quoi bon chercher un trésor dont on ne profiterait même pas, si on le découvrait? Pour elle, l'idée était absurde.

Paul, lui, ne voyait pas autre chose qu'une merveilleuse randonnée à travers la France. Les nuages de poussière, les pneus crevés, les poules écrasées et les repas souvent détestables, seraient compensés par le plaisir de visiter des villes intéressantes et d'admirer des paysages qui le changeraient pendant quelque temps de sa chère Camargue.

Si Charles, Arthur, et sans doute d'autres concurrents, suivaient un plan pour trouver le trésor de M. Toupie, Colette et son frère, semblables à des oiseaux, se laissaient aller au gré de leurs caprices et de leur fantaisie.

Arles est à deux cent cinquante kilomètres de Lyon.

Les voyageurs étaient partis de très bonne heure et l'automobile jaune filait avec une dangereuse vitesse ; cette distance fut franchie avant le déjeuner.

La voiture, blanche de poussière, s'arrêta entre midi et demi et une heure, devant l'hôtel Impérial, où Paul savait que la cuisine était renommée.

Dès que les voyageurs furent installés pour déjeuner, Colette déclara qu'on repartirait aussitôt après le repas. Mlle Marlvin poussa un cri de désespoir.

« Mais, mon enfant, dit Mlle Marlvin, du train dont nous allons, nous serons morts avant d'arriver en Bretagne.

— Excellents, ces œufs en gelée ! interrompit Paul dont l'appétit était aiguisé. J'en prends encore.

— Mademoiselle, vous avez une mine admirable, s'écria Colette. Ce voyage sera excellent pour votre santé.

— Mon enfant, je n'en suis pas sûre.... Mais laissez-moi vous dire qu'ici même, à Fourvière, il y a une célèbre statue de la Vierge et qu'avant d'aller plus loin, il serait bon de s'assurer que le trésor de M. Toupie n'est pas ici tout simplement.

— Ah ! s'écria Colette saisie, je croyais qu'il était en Bretagne !

— J'ai dit, répondit nettement Mlle Marlvin, qu'il se pourrait qu'il y fût, mais....

— Alors, s'il était ici, on n'irait pas en Bretagne? dit Colette consternée.

— Mais si, mais si, gentille petite sœur.... »

Paul commençait à prendre goût au voyage.

« Après le déjeuner, continua-t-il, nous irons à Fourvière, tandis que Mlle Marlvin se reposera....

— Puis, nous repartirons, s'écria Colette.

— Non, nous coucherons à Lyon... mais je te mènerai ce soir dans un cinéma, » ajouta Paul, en voyant la figure de sa sœur qui se rembrunissait...

Mlle Marlvin parut enchantée de la proposition de Paul, auquel elle sut un gré infini de lui procurer quelques heures de repos.

Aussi se hâta-t-elle de se retirer dans sa chambre lorsque, le déjeuner fini, Paul et sa sœur prirent le chemin de Fourvière.

Naturellement, ils constatèrent que le lieu ne pouvait pas du tout abriter le trésor.

« Alors, demanda Colette, nous allons en Bretagne?

— Oui. Nous partirons demain matin. Mais entrons dans la vieille église, car elle est très curieuse. »

Donnant la main à son frère, Colette pénétra dans l'antique sanctuaire.

Une odeur d'encens et de cierges remplissait l'air et une sorte de nuage enveloppait les ex-voto qui couvraient les murailles.

Colette chuchota tout bas à l'oreille

de son frère qu'elle voulait faire brûler un cierge.

Paul lui tendit de l'argent et la fillette acheta un superbe cierge à une vieille marchande. Elle l'alluma et le planta sur une des pointes de fer d'un candélabre. Pour cela, Colette dut se hisser sur la pointe des pieds, car elle n'était pas très grande. Quand elle revint vers son frère qui la regardait amusé et plein d'admiration pour sa gentillesse, il lui demanda à voix basse:

« Pour qui as-tu mis ce cierge?

— Pour maman, papa... et toi. »

Alors le grand frère se pencha encore un peu plus et embrassa tendrement sa petite sœur.

Le soir, quand Mlle Marlvin objecta qu'au lieu d'aller au cinéma, il serait bien préférable de se coucher, Colette déclara que le voyage devait être un amusement et non un devoir.

Elle vit un grand film où des cowboys accomplissaient des exploits merveilleux. « Tout à fait comme toi, » dit-elle à son frère.

Le lendemain matin, à neuf heures, les voyageurs montèrent en automobile et prirent la route qui traverse les monts du Lyonnais. On déjeuna à Roanne, puis on continua. Colette demandait toujours à aller aussi vite, mais on céda aux sages et prudentes observations de Mlle Marlvin, et l'allure fut sensiblement ralentie.

Le soir, à sept heures, un pneu creva; on était près d'un village, et les voyageurs purent y arriver sans trop de difficultés. Paul déclara qu'il était préférable de coucher là, car, avant qu'il eût pu réparer son pneu, il ferait nuit.

Naturellement Mlle Marlvin approuva. Colette parut contente parce qu'elle trouvait tout à fait drôle de passer une nuit dans une auberge de campagne.

Il n'y avait dans le pays qu'un cabaret misérable où l'on donnait à boire aux paysans, mais qui ne possédait aucune chambre. Mlle Marlvin était très

embarrassée et elle proposa d'entrer dans une maison de paysan pour demander l'hospitalité d'une nuit. Mais Paul préféra coucher dans l'auto. Au moins on ne risquait pas d'être dans des lits malpropres, avec des gens plus ou moins empressés ou même peu honnêtes. Mlle Marlvin accepta et Colette battit des mains, enchantée de cette première aventure.

Paul arrangea les coussins le plus confortablement qu'il put, et Mlle Marlvin et Colette s'y étendirent. Paul mit sur elles toutes les couvertures, les manteaux, les plaids, car, malgré la grande chaleur du jour, les nuits étaient fraîches. Quant à lui, il se roula dans une couverture et s'endormit profondément sur le devant de la voiture. Colette se blottit auprès de son institutrice, qui, seule, ne ferma pas l'œil de la nuit.

De grand matin, le bruit des paysans qui passaient sur la route, des animaux qui allaient et venaient, réveillèrent les voyageurs. Paul se secoua et courut à l'auberge où il demanda qu'on leur servît du café au lait très chaud pour les réconforter. Colette, aussi reposée que si elle sortait de son lit, suivit son frère et s'intéressa

L'AUTOMOBILE JAUNE FILAIT A TOUTE ALLURE.

énormément à la confection du café. On le but et l'on se remit en route, pour atteindre Nevers où Paul décida de séjourner deux jours afin de réparer complètement son pneu, de se reposer et dormir confortablement.

On profita de ces deux journées pour visiter le pays. Colette, infatigable, riait beaucoup de Mlle Marlvin qui se couchait aussitôt rentrée à l'hôtel. Elle et son frère entraient dans les pâtisseries, mangeaient des gâteaux, prenaient du chocolat, tout en écrivant des cartes

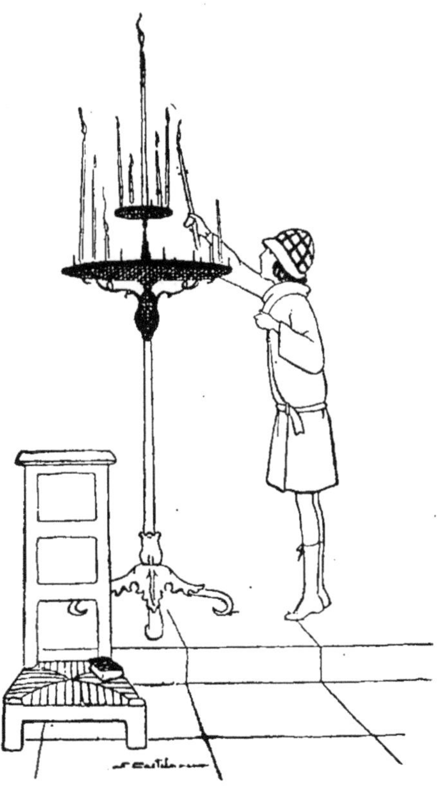

postales à M. et Mme Dambert. Tout était pour le mieux ; le ciel continuait à être radieux et jusqu'à présent on n'avait couché qu'une nuit à la belle étoile, ce qui avait été un imprévu inoubliable. Ce voyage enthousiasmait Colette, qui trouvait tout bon et tout beau, et Paul, comme elle, était de belle humeur.

Après Bourges, l'automobile jaune traversa le Berry, la Touraine. Une petite panne, sans grande importance, se produisit, mais elle empêcha cependant les voyageurs d'arriver à Tours avant minuit. Il fallut chercher un hôtel qui voulût bien les recevoir. Paul avait télégraphié la veille de Bourges pour retenir des chambres, mais la dépêche s'était égarée et les voyageurs faillirent encore une fois être obligés de coucher dans la rue. Le lendemain on était à Angers et le surlendemain, on partait de cette ville pour Vannes.

Au moment de franchir les limites qui séparent le Maine-et-Loire de la Loire-Inférieure, c'est-à-dire de la Bretagne, Paul arrêta la voiture devant un poteau indicateur en s'écriant :

« Petite sœur, nous voilà en Bretagne ! Es-tu contente ? »

A la fin de l'après-midi, l'auto pénétrait dans Vannes.

« Nous ne sommes pas loin d'Auray, dit Mlle Marlvin ; je suis d'avis que nous nous dirigions de ce côté.

— Mais notre quartier général sera Vannes pour l'instant, » décida Paul, à qui l'idée d'aller s'enterrer dans une toute petite ville ne souriait guère.

Les voyageurs s'installèrent dans un hôtel qu'on leur avait recommandé et qui se trouvait non loin de la cathédrale Saint-Pierre.

Le temps s'était assombri et, quand Colette se leva le lendemain matin, elle vit une pluie torrentielle s'abattre sur la ville.

Le ciel était gris et bas ; abritée derrière une fenêtre à petits carreaux de la salle à manger de l'hôtel, Colette regardait l'eau tomber en cataractes sur les toits, déborder de toutes les gouttières pour venir grossir les ruisseaux de la chaussée. Comme on se sentait loin de la Camargue éblouissante de lumière !

Et Colette pensa que ce premier jour passé en Bretagne était bien triste. Paul, qui ne pouvait rester en repos, lui proposa de parcourir les vieilles rues de Vannes. La fillette, charmée d'être tirée de son inaction, sauta sur sa pèlerine de caoutchouc, la mit en rabattant le capuchon sur sa tête, et les voilà partis tous deux, marchant avec peine sur les petits cailloux pointus qui pavent les rues de la ville. Quand ils eurent vu toutes les pittoresques maisons de la place Henri-IV, de la rue des Orfèvres, de la rue Noë et des autres voies qui avoisinent Saint-Pierre, les vestiges des anciens remparts, l'église Saint-Patern, le temps s'était un peu éclairci, les nuages fuyaient au loin. Paul entraîna sa sœur aux environs de la ville, sur la route de Séné.

Au cours de leur promenade, un garde champêtre s'approcha de Paul et lui demanda ses papiers. Colette s'amusa beaucoup de cet incident ; tandis que son frère tirait son portefeuille, elle caressa le chien du garde ; il avait un poil dur, des yeux d'or et, chose singulière, une jambe de bois. Lorsque le garde, d'un air rogue, eut examiné les papiers de Paul, il porta la main à son képi et allait s'éloigner. Mais Colette l'arrêta en lui disant :

« Comment se nomme votre chien?

— Penmarch.

— Où a-t-il perdu sa patte?

— Sur l'Yser; il faisait campagne avec moi. »

Un sifflement, et le garde champêtre partit, non sans avoir jeté un regard soupçonneux sur ces deux voyageurs qui se promenaient dans la campagne malgré la pluie.

« Ils sont un peu bourrus, les Bretons, ne trouves-tu pas, Paul?

— Oui, bourrus, entêtés, et braves.

— Ils se sont bien battus pendant la guerre.

— Tous des héros ! »

Colette resta silencieuse. Elle se souvenait que son père lui avait raconté plusieurs belles actions de soldats ou de fusiliers-marins natifs de Bretagne.

Le lendemain matin, temps radieux. Paul déclara à sa sœur qu'ils feraient en automobile le jour même une très longue course. On visiterait Auray, Carnac, Locmariaquer, etc.

« Dans chacun de ces endroits tu verras des merveilles.

— Mais des statues de la Vierge, y en a-t-il?

— S'il y en a, nous les découvrirons.... C'est pour ça que nous visiterons ces lieux célèbres. »

Sur les instances de Paul, qui pensait vraiment qu'elle avait besoin de repos, Mlle Marlvin consentit à ce que Colette et Paul fissent sans elle cette excursion, mais elle leur recommanda de ne pas aller à une vitesse exagérée et de revenir pour le dîner.

Auray leur apparut comme une antique petite ville bretonne qui semblait ne pas avoir changé depuis des siècles. Des petits garçons coiffés de grands chapeaux de paille à larges rubans de velours noir, pendant par derrière, vêtus de courtes vestes et de pantalons descendant jusque sur leurs souliers, des petites filles en longues robes avec des tabliers à poches, une bavette sur la poitrine, entouraient l'automobile en

regardant Colette avec curiosité. Quelques gamins mettaient leurs doigts dans leur nez, d'autres se redressaient comme de petits hommes, poussant leurs plus jeunes frères devant eux.

Colette n'était pas endurante : cette curiosité l'impatienta ; alors, sautant hors de l'automobile et saisissant le bras d'un garçon d'une dizaine d'années, elle lui demanda :

« Au lieu de nous regarder comme des bêtes curieuses, petit nigaud, pourrais-tu nous dire où se trouve la statue de Notre-Dame d'Auray ? »

Le gamin la regarda et ne répondit rien. Colette lui secoua le bras.

« Réponds, es-tu muet? »

D'un brusque mouvement, le garçon essaya de se dégager, mais Colette avait la main ferme.

« Parle : où est la Sainte Vierge d'Auray? »

Un large sourire, qui lui fendit la

UN PETIT BRETON REGARDAIT COLETTE.

bouche jusqu'aux oreilles, parut sur la figure du petit Breton.

« Y a pas de Sainte Vierge !

— Il n'y a pas de Sainte Vierge ici? s'écria Colette stupéfaite. Il n'y a pas de Sainte Vierge ?...

— Non, » répéta le garçon; puis après quelques instants de silence pendant lesquels il parut s'amuser immensément de la figure déconfite de l'élégante voyageuse, il ajouta :

COLETTE TROUVAIT DÉLICIEUSES LES HALTES DANS LES AUBERGES.

« Y a pas de Sainte Vierge.,... Y a sainte Anne.

— Sainte Anne?

— Eh bien, oui ! Sainte Anne d'Auray... qui a sa statue là-bas, dans la basilique, à trois kilomètres d'ici. »

Colette n'en écouta pas davantage ; elle lâcha le petit paysan, courut vers son frère resté dans l'automobile et s'écria :

« Paul ! Paul ! Inutile de chercher longtemps ici. Il n'y a pas de statue de la Vierge... il n'y a que celle de sainte Anne, qui est à trois kilomètres. Partons,... partons ! Allons visiter d'autres endroits. »

Ce fut au tour de Paul de rire de la mine de sa sœur.

Malgré les objections de Colette, il voulut aller à Sainte-Anne d'Auray. Les trois kilomètres furent rapidement franchis. Paul arrêta la voiture. Toujours mécontente, Colette sauta à bas de l'automobile, courut en avant, ne daigna jeter que quelques regards sur la fontaine miraculeuse près de laquelle se dresse la statue de sainte Anne. fit

comme une trombe, le tour du cloître qui s'étend derrière la basilique et ressortit. Paul avait peine à la suivre, tant son allure était rapide.

« Colette ! Colette ! cria-t-il attends-moi.... Je voudrais visiter plus longuement le cloître.... Colette ! Colette ! Elle est enragée ! »

Mais Colette n'écoute rien. Elle atteint l'automobile, met en marche le moteur... Crran, pouf... pouf.... Elle saute dans la voiture qu'entouraient toujours gamins et fillettes.

Cette curiosité enfantine l'agaçait. Une idée diabolique surgit dans son cerveau irrité. « C'était bon ! On se moquait d'elle, on l'empêchait de faire ce qu'elle voulait ! Eh bien ! Paul allait voir ce dont elle était capable, et les gamins aussi ! » Elle saisit le volant et fit entendre un coup de corne strident. La troupe d'enfants se dispersa comme une volée de moineaux. Puis l'automobile démarra. Sans s'inquiéter de ce qu'elle laissait derrière elle, Colette reprit le chemin de Vannes, abandonnant son frère !

CHARLES et Arthur, ce dernier encore très vexé d'avoir été dépouillé de son argent par les pickpockets, quittèrent Rennes le lendemain de la mésaventure. Charles voulait se rendre directement à Dol, mais son ami s'attristait de ne pas connaître Saint-Malo ; il fut décidé qu'on pousserait jusqu'à cette vieille ville et qu'on s'y installerait. De là, les voyageurs se rendraient à Dol à bicyclette. Arthur ne quittait plus Charles, et quand celui-ci lui donna un peu d'argent pris sur la caisse du voyage, il ne l'accepta qu'en jurant qu'il n'y toucherait pas.

« Ce n'est pas nécessaire, ajouta-t-il, puisque je m'attache à tes basques. »

Charles avait souri. Combien de fois avait-il entendu de ces belles promesses ! Il avait envoyé une carte illustrée à son frère, mais n'y faisait pas allusion à l'équipée d'Arthur ; elle n'avait pas eu de suites sérieuses et la raconter aurait plongé leurs parents dans une légitime inquiétude. A quoi bon, puisque Arthur était sain et sauf?

Le train longea le canal d'Ille-et-Rance, ombragé de peupliers et de saules. Au loin s'étendaient des champs de bruyères roses parsemés, çà et là, de rochers gris. Les deux garçons se tenaient à la portière du wagon, parlant peu, ne voulant rien perdre du paysage. Un peu avant Saint-Malo, Charles tira un calepin sur lequel il écrivait son « journal », ses dépenses, et qui contenait, en première page, les conditions du concours ; rapidement il y inscrivit chiffres et notes.

« Voilà Saint-Malo ! annonça Arthur. Regarde, c'est beau ! »

Il n'y avait pas un souffle d'air sur la mer. Elle était d'huile, comme disent les marins ; doucement elle venait couvrir et découvrir les rochers de la baie.

Charles se rendit immédiatement à l'hôtel de Paris pour s'y installer avec son ami. Puis, avant le dîner, ils allèrent faire un tour en ville. Arthur s'amusa de l'anecdote que lui conta Charles pendant leur promenade sur le port.

Il fut un temps très ancien où le port de Saint-Malo était confié à la garde de dogues redoutables, descendant, disait-on, des chiens de guerre des Gaulois. Ils furent supprimés en 1770 pour avoir mordu les mollets d'un gentilhomme. Alors un auteur de l'époque fit cette chanson que l'on connaît encore :

Bon voyage, cher du Mollet,
A Saint-Malo débarquez sans naufrage.

Bon voyage, cher du Mollet,
Et revenez si ce pays vous plaît....

Le soir, pendant que les deux chercheurs de trésor dînaient dans la salle à manger de l'hôtel, Charles eut tout à coup un sursaut : dans le monsieur et les deux jeunes gens qui venaient de s'asseoir à la table voisine de la leur, il avait reconnu le groupe déjà rencontré à Rennes et qu'il supposait être un précepteur voyageant avec ses élèves. Ils étaient bruyants et ne cessaient de parler.

« Oui, disait l'un des jeunes gens, il faut être à Dol à cinq heures du matin.... Il n'y a pas un instant à perdre.

— A cinq heures ! A cinq heures ! répondit l'autre ; alors il faudra se lever à trois heures !

— Non, dit celui que Charles qualifiait de « précepteur », partons ce soir.... Nous coucherons à Dol... sans cela nous risquons fort d'être devancés.

— Moi, je reste ici... je suis fatigué....

— Si tu es fatigué pour si peu !... »

Charles allongea dessous la table un coup de pied à Arthur.

« Il y a moyen de tout arranger, continua le précepteur : que Doudou reste ici dans son lit, tandis que nous irons à Dol.

— Mais je ne veux pas rester seul ici, s'écria celui qui répondait au nom de Doudou.

— Oh ! là ! là ! Quel emplâtre ! Quel empoté ! » s'écrièrent ses compagnons d'un air mécontent.

Arthur souffla tout bas à Charles :

« Seraient-ce des concurrents ? En tout cas ils n'ont pas l'air bien élevés. »

Charles ne répondit rien ; il écoutait.

Mais leurs voisins continuèrent leur repas sans prononcer un mot et les deux amis n'entendirent pas ce qu'ils décidèrent pour leur expédition. Dès qu'ils eurent achevé de dîner, Arthur supplia Charles de partir à l'instant même pour Dol.

« Je parie que ce sont des concurrents.... Tu vois, ils vont arriver avant nous, et s'ils allaient mettre la main sur le trésor !.... Oh ! je t'en prie, Charles, partons. Il n'y a que vingt-trois kilomètres de Saint-Malo à Dol, nous pouvons les franchir rapidement. Il est huit heures et demie : avant dix heures, nous serons à Dol et nous....

— Nous ne verrons rien du tout... Eux non plus, du reste, s'ils y vont. Cette idée est absurde.

— Pas du tout. Nous allons ce soir à Dol. Nous y couchons et, demain, à l'aube, bien avant nos concurrents, nous saurons si oui ou non le trésor est dans ces parages. »

Ces considérations finirent par ébranler Charles. Après tout, Arthur avait raison, il fallait arriver les premiers au Mont Dol et le seul moyen était de partir sur-le-champ.

« Eh bien, oui... c'est peut-être mieux... Filons dès ce soir. Mais n'éveille pas l'attention. Nous laissons nos bagages ici. Je vais dire au bureau de l'hôtel que nous partons pour une excursion et prier qu'on nous les garde. Nous prenons seulement nos bicyclettes.

— Entendu. Dépêchons-nous.... Allons un peu nous promener près de la mer, » ajouta Arthur à haute voix, pour dépister tout soupçon.

Charles et Arthur prirent leurs bicyclettes dans le garage de l'hôtel, et sautèrent sur leurs machines. Charles avait une carte de la région et son *Guide Bleu* dans sa poche ; il trouva immédiatement la route qui conduit à Dol et il s'y engagea résolument.

« Pédalons ferme », cria-t-il à Arthur.

Tous les deux trouvaient fort drôle cette sorte de fuite.

Il faisait encore jour, mais les nuages au loin, sur l'horizon, donnaient une teinte sombre à la mer dont les vagues venaient mourir sur le rivage avec un bruit sourd. Nos deux voyageurs quittèrent bientôt les bords de la mer pour pénétrer dans le pays.

Arthur, contre son habitude, restait silencieux. Il ne songeait qu'à augmenter sa vitesse, car la nuit allait bientôt venir. Charles, que cette course excitait, se mit au contraire à causer.

« Nous allons passer à la Gouesnière, près du château de Bonaban qui date du XVIIIe siècle. »

Mais Arthur, qui pédalait avec rage, fit à peine attention à ce que lui disait son ami.

Le ciel s'assombrissait peu à peu. Au

loin, quelques mouettes sillonnaient le ciel, comme pour s'enivrer d'espace avant de se reposer dans les creux de rocher, pendant la nuit. Parfois un cri subit d'oiseau, appel éperdu d'une mère ralliant ses petits, s'échappait d'un arbre solitaire, que nos coureurs dépassaient rapidement. La route était déserte; on aurait dit que bêtes et gens s'endormaient sur la terre entière. À La Gouesnière, quelques paysans se tenaient encore sur le devant de leurs portes, mais ils ne firent pas attention aux deux bicyclistes qui reprirent toute leur vitesse dès qu'ils furent en plein champ. Le pays devenait plus triste ; une vaste plaine à moitié cultivée, à moitié marécageuse, s'étendait à perte de vue ; des ajoncs, des bruyères et des rochers, voilà tout ce que l'on apercevait autour de soi.

« Il faudrait allumer nos lanternes, dit Charles, tout à coup.

— Oui, car si nous rencontrions des gendarmes, nous aurions des contraventions. »

Charles ralentit peu à peu ; Arthur l'imita.

« Tu as des allumettes? demanda-t-il vivement.

— Oui.

— Oh ! que tu es étonnant ! » s'écria Arthur, plein d'admiration pour

CHARLES ET ARTHUR
ÉVITÈRENT UNE VOITURE
LANCÉE A FOND DE TRAIN.

un camarade qui avait pensé aux lanternes et aux allumettes !

Puis, ils reprirent leur course. Ils ne pouvaient plus aller aussi vite, car la nuit était complète maintenant. Charles en lui-même commençait à regretter son équipée.

Ils traversèrent Lillemer. Tout à coup, dans le silence de la nuit, ils entendirent le bruit très lointain d'un grelot. De temps à autre, quand le vent, très faible du reste, soufflait, il résonnait, puis cessait.

« Qu'est-ce que ce bruit? demanda Arthur.

— Oui... un son de grelot; la route fait des courbes, c'est pourquoi il ne nous parvient qu'irrégulièrement.

— Écoute : on dirait le roulement d'une carriole.

— Oui... les pas d'un cheval....

— Le bruit se rapproche.

— C'est une voiture de paysan, dit Charles ; fais attention, garde bien ta droite.... La nuit, quelquefois, les chevaux ont peur et font des écarts.... »

La voiture arrivait au grand trot, et bientôt le son des grelots s'entendit très distinctement. Le cheval ne marchait pas droit. Son allure était saccadée ; tantôt il paraissait aller sur la droite,

tantôt sur la gauche. On aurait dit qu'un homme ivre le conduisait.

« Arthur, descendons et restons près de cette borne... il ne s'agit pas d'être accrochés par ces paysans.

— Si nous allions plus vite qu'eux? proposa Arthur.

— Non, inutile, tu vois bien que ce cheval est au grand trot. »

A peine Charles et Arthur s'étaient-ils garés sur le bord du chemin qu'une carriole passa comme une flèche devant eux. Arthur poussa une exclamation étouffée. A la lueur des deux lanternes qui projetaient une vive lumière, il avait reconnu, dans la voiture, leurs voisins de table de l'hôtel de Saint-Malo !

C'était le « précepteur » qui conduisait. Si l'on peut appeler conduire, diriger un cheval de droite à gauche sur une route.

« Eh ! s'écria Arthur, hardi ! mon vieux. Il s'agit de rattraper ces concurrents, ou au moins de les suivre à peu de distance : il ne faut pas qu'ils visitent le pays avant nous.

— Mon cher, nous avons toute la nuit pour arriver. D'ailleurs, s'ils ne tombent pas dans un fossé ou s'ils n'accrochent pas une borne avant d'atteindre le but de leur voyage, cela m'étonnerait. »

Le bruit de la voiture s'affaiblissait peu à peu et bientôt on n'entendit plus le son des grelots qu'à intervalles.

« Ça va vite, une carriole, même mal conduite ! s'écria Arthur. Nous aurions dû louer une automobile. Nous serions déjà au Mont Dol. »

Des minutes passèrent. Puis, soudain, on entendit une galopade et Charles et Arthur n'eurent que le temps de sauter à bas de leurs machines et de se jeter dans le fossé pour éviter le cheval de la carriole qui s'était emporté et, à toute allure, reprenait le chemin de son écurie, traînant après lui un des brancards de la voiture.

Arthur se mit à rire :

« Il retourne au pays,... il en a assez.

— Mais les autres... les voyageurs, que sont-ils devenus? Peut-être sont-ils tués... blessés au moins? s'écria Charles avec effroi.

— C'est vrai ! Allons à leur recherche.... Mais je ne pensais pas à eux en voyant ce drôle de cheval qui sait si bien son chemin. »

Ils recommencèrent à pédaler. Charles ne riait pas. Il regarda avec attention si les voyageurs se trouvaient sur la route, la nuit étant très sombre.

« Ohé ! Ohé ! entendirent-ils soudain. Ohé ! Ohé !

— Voilà ! Voilà ! Êtes-vous blessés?

— Non... oui... à moitié. »

La voix était encore lointaine. Charles et Arthur pédalèrent avec énergie jusqu'à ce que leur lanterne éclairât tout à coup un homme qui agitait les bras.

Charles s'arrêta.

« Êtes-vous blessé? Nous avons vu votre cheval....

— Oui, la vilaine bête ! s'écria le « précepteur », il a accroché la borne... mes élèves sont là : l'un a une jambe cassée, je crois ; quant à l'autre....

— Il est évanoui, s'écria Arthur qui, à l'aide de sa lampe électrique, avait déjà examiné le lieu de l'accident.

— Mort? dit avec effroi le précepteur.

— Mais non... mais non.... »

Charles dirigea sa lampe sur le visage du jeune garçon qui gisait à terre, tandis que le « précepteur » saisissait sa main et se penchait pour voir s'il respirait encore. Il se redressa.

« Il n'est qu'évanoui.... Comment faire?

— Nous allons vous aider ! » dit Charles tout en regardant les voyageurs attentivement.

Le précepteur — ou du moins celui auquel il donnait ce titre — n'avait pas une figure sympathique. Il était brun, coiffé les cheveux en arrière, avec des traits réguliers, mais ses yeux se dérobaient lorsqu'on s'adressait à lui.

Il paraissait d'âge environ trente-cinq ans ; les jeunes garçons qu'il accompagnait n'avaient pas plus de douze à treize ans. Celui dont la jambe, au dire du précepteur, était cassée, et qui était assis par terre, poussait des cris douloureux.

« Satané cheval ! Fichu pays ! murmurait le précepteur.... Que faire dans cette nuit noire?... Impossible d'aller chercher du secours.... Maudite situation !

— Calmez-vous, nous allons nous rendre à Dol et vous envoyer une voiture, dit Arthur. Pour nous, à bicyclette, ce n'est rien. N'est-ce pas, Charles ?

— Mais oui, répondit Charles.

— Je vous suis très reconnaissant .... Je voyage avec deux enfants qu'on m'a confiés, commença le précepteur. Je suis répétiteur dans un lycée de Paris, et, pendant les grandes vacances, j'accompagne d'habitude des jeunes gens qui voyagent pour leur instruction. Comme je voulais visiter le Mont Dol dès le lever du soleil, mes élèves et moi, nous avons eu l'idée de louer cette voiture et ce cheval, car je sais conduire.... »

Arthur sourit : « oui, mal conduire! » pensa-t-il en lui-même.

« Mais ce cheval a dû manger trop d'avoine cet après-midi ; dès notre sortie de Saint-Malo, il est parti à une allure folle. Impossible de le tenir. Là, il s'est accroché à cette borne, en voulant tourner trop court ; les brancards

LE CHEVAL FUYAIT, TRAÎNANT UN BRANCARD.

se sont détachés, les lanternes se sont éteintes.... Voilà comment nous sommes à demi morts sur cette route tandis que le cheval — satanée bête ! — retourne tranquillement à son écurie.... Pardon... j'oubliais de vous dire que je m'appelle Procope ; mes élèves, Sauvageon. »

Ces paroles étaient dites pendant qu'il s'occupait de soigner ses élèves.

Procope ! Quel drôle de nom ! Et puis, quelles singulières explications ! Ces voyageurs ne plaisaient pas du tout à Charles, et s'il ne se fût pas agi de deux blessés, il serait parti au plus vite.

En tout cas, il ne laisserait pas Arthur seul avec eux !

« Écoutez, dit nettement Charles en coupant court au verbiage de M. Procope, mon camarade et moi nous allons courir jusqu'à Dol.... Y connaissez-vous un hôtel?

— Oui... non... oui, répondit Procope en hésitant.

— Oui ou non? demanda Charles nettement.

— Non....

— Bon, alors je verrai.... Je vous envoie du secours.... Tenez, prenez ma lanterne électrique, vous l'allumerez lorsque vous entendrez le roulement d'une voiture, de façon qu'on vous voie. Entendu, n'est-ce pas ?

— Mais je... » commença Arthur qui fut brusquement interrompu par Charles ; celui-ci saisit sa bicyclette et lui serra le bras.

Arthur se tut, un peu étonné.

« Alors, reprit Charles, nous vous laissons et j'espère que d'ici une heure vous serez tirés de cette situation fâcheuse. »

Charles remit à Procope sa lampe électrique, remonta sur sa bicyclette, Arthur sauta sur la sienne et ils s'éloignèrent rapidement.

« Pourquoi ne voulais-tu pas me laisser auprès d'eux? demanda Arthur lorsqu'ils furent à une cinquantaine de mètres des voyageurs.

— Parce qu'ils ont l'air bizarre. Ce n'est pas en pleine nuit, en rase campagne, qu'on reste seul avec de pareils « types ». Va, je regrette joliment notre équipée.

— Eh bien ! moi, je pense qu'elle est pleine d'imprévus et que nous ne risquons pas grand'chose. Nous serons dans un quart d'heure à Dol. »

Ils passèrent près du menhir du Champ-Dolent, distinguèrent vaguement sa haute silhouette se profilant sur le ciel. Charles poussa un soupir de satisfaction quand il aperçut dans le lointain quelques lumières.

Il était de plus en plus mécontent d'avoir cédé à Arthur et de s'être ainsi aventuré avec lui en pleine campagne à une heure aussi tardive.

Ils pédalèrent encore un bon moment avant d'atteindre la ville. Ils ne parlaient ni l'un, ni l'autre, absorbés qu'ils étaient dans leurs pensées. Arthur, lui, ne se faisait pas de bile. Qu'importait cette rencontre puisque rien de fâcheux ne leur était arrivé? Seul le front de Charles ne se déridait pas !

En entrant dans Dol, ils prirent immédiatement la Grande-Rue qui conduit à la cathédrale, et le long de laquelle se trouvaient plusieurs vieilles maisons à toits pointus.

Sur leurs façades déjetées les poutres de chêne s'entre-croisaient dans la pierre ; leur premier étage, construit en avancée, était soutenu par des piliers, ronds ou carrés, surmontés de chapiteaux sculptés.

Entre ces piliers s'ouvraient des porches à arcade romane ou ogivale ; là, le plus souvent, s'abritait une boutique, fermée à cette heure. Tout, dans la petite ville, sommeillait : dix heures sonnaient à la cathédrale.

Non loin de la place de l'Esplanade, Charles vit l'enseigne d'un hôtel : *Au Menhir du Champ-Dolent* : il se précipita et poussa la porte qui était entre-bâillée. Un portier, endormi sur une chaise, tressaillit à l'entrée des deux voyageurs.

« Nous voudrions une voiture... une auto... pour des voyageurs blessés : ils sont à quelques kilomètres d'ici... sur la route de Saint-Malo. »

Le portier, un Breton à la barbe à demi rasée, à la veste noire, au gilet de velours, regardait Charles et Arthur d'un air ahuri.

« Comprenez donc, répéta avec quelque impatience Arthur. Il est arrivé un accident à trois voyageurs. Le cheval s'est emporté !... Il a filé, un des voyageurs a la jambe cassée, l'autre....

— Je comprends bien... mais il n'y a pas de voiture à c'te heure-ci.

— Comment? Réveillez le patron de l'hôtel.... Allons, dépêchez-vous ! »

Charles avait élevé la voix ; il n'était pas content — Arthur non plus, — devant tant de placidité.

A ce moment descendait l'escalier, celui qui était évidemment le patron de l'hôtel. Il était en pantoufles, les cheveux ébouriffés, le gilet à moitié boutonné, la cravate défaite.

« Qu'y a-t-il? Qu'y a-t-il? »

Charles recommença son explication. Lorsqu'il eut fini, l'hôtelier se gratta la tête, fort embarrassé.

« Mais... et où... et qui ?... »

Charles comprit sa pensée.

« Nous sommes de Paris, voici nos noms et l'adresse de nos parents. (Il montra sa carte d'identité et celle d'Arthur.) Ces voyageurs qui sont blessés, nous ne les connaissons pas, mais nous les avons rencontrés tandis que nous suivions la route pour venir à Dol. Ils se trouvent au delà du menhir du Champ-Dolent. Je vais payer d'avance la voiture. Donnez-nous une chambre pour mon camarade et moi.... »

L'hôtelier, voyant qu'il ne perdrait rien, puisqu'il touchait d'avance le

prix de la course, se décida à agir. Il appela un garçon et lui dit d'atteler une sorte de victoria qui servait à promener les voyageurs que l'automobile fatiguait ; puis il lui expliqua longuement ce qu'il avait à faire.

« Je vais aller avec lui ; comme cela il n'y aura pas d'erreur, déclara Charles.

— Moi aussi ! s'écria Arthur.

— Non, mon vieux, il n'y aurait pas de place dans la voiture. Reste ici avec les bicyclettes. Du reste, nous serons de retour dans une heure au plus... Y a-t-il un médecin dans les environs? » continua Charles en s'adressant à l'hôtelier.

— Oui, il y en a un dans la maison voisine. Quand vous serez revenus, on ira le prévenir. »

La voiture, conduite par le garçon de l'hôtel qui avait mis sur ses épaules une grande pèlerine et sur sa tête une

casquette de livrée, s'avança devant la porte. Charles monta sur le siège avec lui, pour lui indiquer, non pas le chemin, mais l'endroit où attendaient les blessés.

Il donna un pourboire au cocher. Celui-ci, enchanté, fouetta son cheval et la voiture s'engagea sur la route de Saint-Malo. Tout en conduisant, le garçon fit la conversation avec Charles qui apprit que le pays, depuis une quinzaine de jours, était très visité par de jeunes garçons qui allaient et venaient dans toutes les directions, aux environs de Dol.

« Il en vient plus que les autres années?

— Eh oui ! on ne sait pas pourquoi.

— Parce que le pays est beau, dit Charles qui ne voulait pas parler du concours de M. Toupie.

— Eh oui ! il est beau.... Mais il y fait joliment sombre ce soir.... »

Charles avait demandé une lanterne supplémentaire, de façon à en projeter la lumière à droite et à gauche sur la route.

Lorsque la voiture atteignit la borne

précédant celle à laquelle s'était accrochée la carriole conduite par Procope, Charles fit mettre le cheval au pas. Puis il cria de temps en temps :

« M. Procope ! M. Procope ! »

Mais le plus profond silence régnait autour d'eux.

Ils continuèrent à avancer. La borne ! Voilà la borne ! Charles avait noté ce qui y était marqué : 3 km. 500 de Dol. Personne....

« M. Procope ! M. Procope !

— M. Pro... co... pe ! » cria d'une voix formidable le cocher.

Toujours le même silence.

« J'ai la berlue ! Il y en avait un d'évanoui... un autre avait la jambe cassée.... Impossible qu'ils aient pu fuir ! »

La voiture s'arrêta. Charles descendit, le cocher aussi, mais il n'abandonna pas la bride de son cheval. Charles, sa lanterne à la main, parcourut la route, descendit dans les fossés. Sur l'herbe foulée, il ramassa un débris de la voiture, un morceau de cuir du harnachement et, un peu à l'écart, le fouet.

Plongé dans une sorte d'ahurissement, il ne prononçait pas un mot.

« Eh bien, en v'là une histoire ! s'écria le cocher.... M'est avis que c'étaient des gens louches... peut-être qui fuyaient les gendarmes.... M'est avis qu'on pourrait s'en retourner.

— Évidemment, il n'y a que cela à faire. »

Charles éleva encore sa lanterne pour voir plus loin. La bruyère tremblait légèrement sous la brise venue de la mer. Il remonta à côté du cocher qui ne semblait pas très rassuré et qui mit son cheval au grand trot pour s'éloigner au plus vite de cet endroit où s'était passé un événement si mystérieux. Lorsqu'ils aperçurent les lumières de Dol, sa figure perdit son expression d'épouvante et il demanda à Charles :

« Vous êtes sûr de les avoir vus, ces voyageurs?

— Mais oui, s'écria Charles, mon camarade aussi. Croyez-vous donc que ce soient des revenants?

— Chut ! Taisez-vous ! dit le Breton en se signant; faut pas parler de ça près du Champ-Dolent.

— Pourquoi? dit Charles, dont la

mauvaise humeur se dissipa en entendant cette réflexion du Breton.

« Eh ! parce que.... Bah ! c'est pas des choses à dire à c'te heure... Il est minuit... entendez-vous?

— Oui. »

L'horloge de la cathédrale de Dol sonnait lorsque la voiture pénétra dans la Grande-Rue. La lune, à ce moment-là, se dégagea des nuages qui la cachaient. Et toute la vieille ville, avec ses vénérables et pittoresques maisons, apparut empreinte d'une beauté saisissante. Charles était muet devant ce spectacle.

Mais il s'agissait de rassurer le cocher.

« Tranquillisez-vous... Je ne sais pas à qui j'ai eu affaire.... Ils nous ont trompés et ils ont emporté ma lampe électrique... ce qui n'est pas la coutume des revenants. »

Lorsque l'hôtelier entendit les roues de sa voiture résonner sur les pavés, il se précipita à la porte, suivi d'Arthur.

Charles mit pied à terre en s'écriant :

« Partis ! envolés ! disparus ! »

Et, en quelques mots, il raconta à l'hôtelier et à Arthur stupéfaits qu'il n'avait trouvé personne sur la route.

« Eh bien, savez-vous? dit l'hôtelier après quelques instants de silence, c'est un concurrent qui a voulu vous dépister et qui veut visiter le pays avant vous.

— Ils n'ont pourtant pas imaginé cet accident ! » riposta Charles.

Puis, il fit la réflexion qu'en son absence Arthur avait été bien bavard avec le patron de l'hôtel et que celui-ci connaissait le but de leur voyage.

Mais il ne communiqua pas sa remarque à son ami ce soir-là. Ils se couchèrent, l'un et l'autre à bout de forces....

Le soleil était déjà haut à l'horizon lorsque Charles ouvrit les yeux. Il se dressa sur son lit, regarda Arthur qui était profondément endormi, se frotta les yeux et réfléchit un instant. Il lui fallut quelques minutes pour rassembler ses idées.

Quelle aventure que celle de la nuit ! Charles, tout en s'habillant, méditait sur les événements de la veille.

« Que signifie tout cela? Qui est ce Procope?... Sans compter que je n'avance pas dans mes recherches pour le concours, et que je me lève tard. Perte de temps... bavardages.... Arthur a parlé... il va raconter notre histoire à tout le monde.... En réalité, je ne sais pas suivre mon plan. »

En cet instant, Arthur recevant le soleil en pleine figure, se réveilla. Il paraissait de fort bonne humeur et il était loin de se faire des reproches comme son ami.

« Quel beau temps ! s'écria-t-il. Dis donc... il est tard. Nous allons nous remuer un peu, n'est-ce pas? D'abord, déjeunons ; après, courons au Mont Dol.... Ensuite....

— Oui, mais, il faut que j'aille aux renseignements. Pendant que tu t'habilles, je descends.... Je vais voir si l'on a des nouvelles de nos mystificateurs. Dépêche-toi et viens vite me rejoindre.

— Oui, mon vieux... je te suis... dans trois minutes. »

Charles descendit. Il trouva l'hôtelier au bas de l'escalier, tenant un journal à la main, l'air très préoccupé.

« Monsieur, voulez-vous venir me parler, dans mon bureau?... »

Et comme Charles entrait dans une petite pièce communiquant avec la salle à manger, il lui tendit un journal de la localité, en lui indiquant du doigt un écho qu'il avait entouré d'un trait de crayon bleu.

Charles le lut immédiatement :

« UN MYSTÈRE. »

« Saint-Malo est victime actuellement d'une bande de mystificateurs. Seraient-ce des voleurs? C'est ce que les habitants de la ville et des environs voudraient savoir. La police va-t-elle un peu s'émouvoir? Hier, cette bande audacieuse a dévalisé un paisible promeneur sur les remparts, et pendant la nuit, M. L..., loueur de voitures, a vu un de ses chevaux revenir vers minuit, sans la voiture louée, un brancard encore attaché à ses flancs. Plus de voiture, plus de voyageurs. Dans un sac, laissé chez M. L..., on a trouvé le portefeuille et le porte-monnaie intacts du promeneur de la jetée ! Si ce sont des farceurs, nous leur dirons nettement que la plaisanterie n'est pas de notre goût. »

« Eh bien ! s'écria Charles lorsqu'il eut terminé sa lecture, je pense que ce

LES VOYAGEURS SE DIRIGÈRENT VERS LE MONT DOL.

sont ces gens-là, ou tout au moins quelques-uns de la bande, que nous avons rencontrés cette nuit... Après tout, je n'en sais rien.... C'est aux gendarmes à s'occuper de cette affaire.

— Oui, monsieur, répondit l'hôtelier avec empressement, je comprends... seulement, le cocher, Fiacre....

— Fiacre?

— Oui, c'est un garçon des environs de Pontivy ; là, il y a beaucoup de gens appelés Fiacre ; c'est un saint, vous savez.

— Bon, je comprends... continuez :

— Alors, ce nigaud de Fiacre a jasé.... Il a raconté aux voisins votre aventure.... Il se pourrait que l'on vînt vous interroger.

— Mais cela m'est parfaitement indifférent... sauf que cela me contrarierait de perdre mon temps.... A ce propos je vous demanderai de bien vouloir garder pour vous ce que mon camarade vous a dit hier pendant mon absence, sur le but de notre voyage. Je crois que je puis compter sur votre discrétion, n'est-ce pas, monsieur ?

— Monsieur, s'écria l'hôtelier avec quelque solennité, monsieur, vous pouvez compter sur moi. Ah ! vous n'êtes pas les premiers qui visitez notre ville dans cette intention !... Ah ! je pourrais vous en raconter !...

— Non ! Non ! Je préfère ne rien entendre, » s'écria Arthur, interrompant le patron de l'hôtel.

Charles, tranquille de ce côté, se rendit ensuite à la salle à manger où Arthur ne tarda pas à le rejoindre.

Le café au lait pris, il était trop tard pour entreprendre quoi que ce fût dans la matinée. Les deux garçons, dont l'appétit était d'ailleurs fortement aiguisé, décidèrent de déjeuner à onze heures et aussitôt après de se mettre en route pour le Mont Dol....

Bientôt les voyageurs aperçurent le Mont Dol, éminence granitique haute de soixante mètres, et le petit village qui est bâti à son sommet. Mais il fallait franchir une étape d'une dizaine de kilomètres avant de l'atteindre.

Les chercheurs de trésor se hâtaient. Ils quittèrent la route de Saint-Malo et s'engagèrent dans celle qui mène au Mont Dol.

Bientôt, ils abordèrent les pentes de la petite montagne isolée. Arrivés au sommet, ils poussèrent un cri d'admiration. Leur vue embrassait un splendide panorama.

Tout autour d'eux s'étendaient les marais de Dol, merveilleux de verdure.

Au loin, la mer brillait, embrasée par les rayons du soleil ; à travers les vapeurs de l'horizon, le mont Saint-Michel laissait voir sa pyramide finement découpée.

Plus près, Dol, autour des tours de sa cathédrale, pressait ses toits aigus. Plus près encore, le menhir du Champ-Dolent se dressait, énorme borne grise de granit, surmontée d'une croix, dominant de ses neuf mètres les arbres qui l'avoisinaient.

Sur le Mont Dol lui-même, s'élevaient une chapelle, deux moulins aux vastes ailes, ceux-ci auprès d'une fontaine dont les eaux, paraît-il, ne se tarissent pas, même par les plus grandes chaleurs.

Charles et Arthur jetaient des regards avides autour d'eux. Ils découvrirent le rocher sur lequel se remarque une excavation, empreinte, d'après les légendes du pays, soit du pied de saint Michel prenant son élan pour bondir du Mont Dol sur le mont qui porte son nom, soit du pied du Diable. Mais surtout leurs yeux se dirigèrent vers la tour qui supporte une statue de la Vierge.

Charles paraissait soucieux.

« Qu'as-tu donc? s'écria Arthur un peu inquiet.

— Ne vois-tu pas que le trésor de M. Toupie ne peut se trouver ici?

— Pourquoi?

— Mais regarde la Vierge : elle n'est pas sur un rocher, elle est sur une tour !

— Oh ! c'est vrai '...

— Eh bien ! le programme du concours dit : « Une statue de la Vierge sur une roche. »

Arthur réfléchit quelques instants. Puis il s'écria joyeusement :

« Attends ! Attends.... Mais la tour est sur un rocher.

— Sans doute, mais...

— Écoute, il ne faut pas nous décider ainsi à la légère.

— Comme tu es sérieux ! Arthur, tu m'étonnes.

— C'est que j'ai très envie que tu trouves le trésor.

— Tu es le meilleur ami du monde. »

Arthur se mit à rire. En lui-même, il se disait que Charles était bien le meilleur des deux : avec quelle indulgence il avait excusé ses gaffes et son bavardage !

Charles tira de son portefeuille le programme du concours, et les deux amis se mirent à examiner soigneusement l'endroit où ils se trouvaient et ses alentours, en se référant sans cesse au fameux programme.

Le temps passa ; ils ne s'apercevaient pas de sa fuite.

Tout à coup, cependant, ils remarquèrent que les ombres s'allongeaient singulièrement sur le sol. Le soleil allait se coucher ; il fallait songer au retour.

« Nous reviendrons demain afin de nous assurer que le trésor de M. Toupie ne peut être ici, » décida Arthur d'un ton sans réplique.

Et Charles et Arthur reprirent le chemin de Dol.

L'astre était sur le point de disparaître dans la mer, le ciel perdait de son éclat lorsqu'ils longèrent le menhir du Champ-Dolent, dont l'ombre gigantesque semblait vouloir écraser les deux jeunes voyageurs. De loin ils voyaient s'allumer une à une les lumières de la petite ville.

« Regarde, Charles, dit Arthur quand ils se retrouvèrent dans la Grande-Rue, regarde ces vieilles maisons à arcades, aux toits pointus. Et cette ancienne cathédrale !... N'est-ce pas tout ce que réclament les données du concours de M. Toupie? Non ! Non ! nous ne pouvons en rester là de nos recherches.

— Oui, tu as raison, » déclara Charles qui pensait comme son ami.

Une surprise les attendait à l'hôtel. Dès qu'ils franchirent la porte, Fiacre, le garçon, se précipita au-devant d'eux en s'écriant :

« Messieurs, messieurs, il y a un paquet et une lettre pour vous. »

Et il leur tendit les deux objets. Comme Fiacre était assez curieux, il resta près des jeunes gens pour savoir ce que contenait l'un et l'autre. Il affectait de ranger des chaises contre le mur, mais il ne quittait pas des yeux Charles qui ouvrait la lettre.

Charles lut à haute voix :

« Messieurs,

« Excusez-nous de vous avoir faussé compagnie l'autre nuit. Mais une automobile charitable nous a recueillis. Je vous remets la lampe électrique, espérant que vous n'avez pas pensé que nous l'avions volée.

« Dans l'espoir de vous revoir un jour, nous vous envoyons nos sincères compliments.

« PROCOPE ET SES DEUX ÉLÈVES. »

Il y eut quelques instants de silence, puis Charles s'écria :

« Ce n'est pas un voleur, mais c'est un drôle de personnage.

LA FILLETTE ÉTAIT PERPLEXE.

— Un mystificateur?... interrompit Arthur.

— Non, un concurrent, murmura l'hôtelier qui s'était approché et avait écouté la lecture de la lettre.

— Nous devions aller à Saint-Malo pour cette affaire, mais est-ce bien nécessaire? dit Charles.

— Oh ! messieurs, dit l'hôtelier, je vous conseille tout de même d'aller

conter cette aventure au commissaire de police de Saint-Malo. Tout ça ne me dit rien qui vaille.

— Ça, pour sûr, » déclara Fiacre à son tour.

Les deux amis se rendirent donc à Saint-Malo par le chemin de fer. Durant le voyage, ils n'avaient pas l'air content et tous deux se taisaient. Charles songeait que ce n'était décidément pas au Mont Dol qu'il fallait chercher le trésor de M. Toupie. Il déplorait d'ailleurs le temps dépensé dans ce voyage à Saint-Malo. Toutefois le déplacement ne serait pas inutile, puisqu'ils rapporteraient leurs bagages dont ils avaient le plus pressant besoin. Arthur, lui, songeait à toutes les aventures qu'ils avaient traversées depuis leur départ de Versailles. Il se creusait la tête pour deviner ce que pouvait être ce Procope. Était-ce un rival?

Pourquoi avait-il filé de cette manière? Enfin le mystère s'éclaircirait peut-être un jour ! Après avoir tourné et retourné toutes ces questions, il renonça à s'en occuper davantage. Ce n'était pas dans son caractère de se trop tourmenter.

Leur déposition faite au commissariat, Charles et Arthur revenaient le jour même à Dol avec leurs valises. Le lendemain, ils retournaient au Mont Dol. Ils parcoururent les marais dans tous les sens, remontèrent sur le Mont. Après avoir, d'en bas, scruté tous les environs, d'en haut, ils recommencèrent du regard leur examen. Certes, on apercevait des arbres et des rochers ; en face de soi on n'avait que l'embarras du choix pour fixer son attention sur l'une des maisons à toits pointus et à arcades de Dol. Deux des conditions du concours étaient donc remplies. « En face d'une église ancienne de pur style »... La donnée était assez vague. Charles dirigeait ses yeux alternativement vers la cathédrale de Dol et la chapelle du Mont Dol.

Mais où étaient le lac, la rivière distante de trois kilomètres et le vieux château en ruines à cinq cents mètres? Et puis, surtout, la statue de la Vierge ne reposait pas sur le rocher !

« Décidément, Arthur, le trésor n'est pas ici, il faut aller le chercher ailleurs.

— Oui... c'est certain ! »

Arthur jeta encore un coup d'œil tout autour de lui, puis il prit le bras de son ami, et tous deux, sans ajouter un mot, descendirent du Mont Dol.

Fiacre eut une figure consternée en apprenant que les jeunes voyageurs partiraient le lendemain. Il savait qu'ils cherchaient un trésor et il souhaitait qu'il fût caché dans le pays et découvert par Arthur.

« Où allons-nous maintenant? demanda Arthur en se couchant.

— Dans les Hautes-Pyrénées, à Saint-Savin, près d'Argelès. Il y a là une chapelle de Pietat ou de Notre-Dame de la Pitié, d'où, dit le *Guide Bleu*, on a une vue magnifique.... Oh ! tu sais, j'ai travaillé sérieusement les *Guides Bleus*.... Peut être que là?... »

DANS L'AUTOMOBILE JAUNE

COLETTE, qui savait conduire à merveille, avait franchi rapidement la distance qui sépare Auray de Vannes. Pendant ce temps sa colère s'était un peu calmée ; elle songeait d'ailleurs à la figure qu'avait dû faire son frère en la voyant s'éloigner avec l'automobile. Comment reviendrait-il? se demandait-elle avec une pointe de malice. Au fond elle était bien certaine qu'il ne s'embarrasserait pas pour si peu.

Mais Mlle Marlvin poussa des cris d'effroi à la vue de Colette revenant seule dans l'automobile jaune. Elle blâma énergiquement sa conduite. Avoir abandonné son frère était pour elle une inqualifiable action. Elle le récompensait bien mal, par son ingratitude, de la gentillesse qu'il avait de l'accompagner dans une expédition qui n'avait aucun intérêt pour lui.

Colette écouta cette mercuriale en tirant, suivant son habitude quand elle était embarrassée, ses boucles de cheveux sur ses yeux. Oui, elle comprenait parfaitement qu'elle avait mal agi, mais aussi n'était-ce pas tentant de filer ainsi en conduisant une automobile?

« Aussi, mademoiselle, pourquoi nous avez-vous dit d'aller à Auray, puisqu'il s'agit d'une Sainte Anne ? reprit-elle, en relevant la tête.

— Je vous ai dit que la Bretagne était remplie de statues qui sont l'objet de pèlerinages, mais je n'ai rien spécifié. En tout cas, lorsqu'on veut prendre part à un concours, il faut en étudier soi-même les données. D'ailleurs, c'est bien fini maintenant. Demain nous reprendrons le chemin d'Arles. Ce voyage est trop rempli d'imprévus et je ne puis en assumer la responsabilité. »

Et, sans regarder Colette, Mlle Marlvin rentra dans sa chambre en fermant la porte derrière elle.

Qui fut marri? Ce fut Colette qui ne

COLETTE VIT DE NOMBREUSES ET ANTIQUES STATUES.

s'attendait pas à une telle fermeté de son institutrice. Elle resta quelques instants immobile, puis elle secoua la tête dans un mouvement de révolte, descendit et se posta près de la porte de l'hôtel pour guetter le retour de son frère.

Elle n'était pas depuis dix minutes en observation, qu'elle entendit tout à coup un vacarme au bout de la rue et aperçut un cavalier monté sur un cheval couvert de poussière et qui s'avançait à grande allure. C'était Paul, qui s'arrêta net devant le perron. Sautant à bas de sa monture, il saisit Colette dans ses bras en s'écriant :

« Chère petite sœur, tu ne te doutes pas que tu m'as fait faire la plus délicieuse promenade de ma vie ! »

Il tendit la bride du cheval à un garçon de l'hôtel (tout le monde était accouru sur le seuil pour voir quel était ce cavalier fougueux).

« Mettez la bête à l'écurie et bouchonnez-la comme il faut. Ne lui donnez ni à manger ni à boire pour l'instant, car elle a trop chaud.... J'irai la voir dans une demi-heure. Je pense que vous savez soigner un cheval?

— Eh oui, m'sieu, je suis resté cinq ans chez m'sieu Pavac, l'éleveur d'Auray.

— Cette bête vient de chez lui. Alors, c'est parfait !... »

Puis, se tournant vers Colette qui n'était pas encore revenue de son étonnement :

« Je l'ai achetée, cette jument. Elle s'appelle Helgoat. Ce sera un souvenir de notre voyage en Bretagne.... Mais dis donc, petite farceuse, c'est comme ça que tu voulais abandonner ton vieux frère?

— Oh ! je savais bien que tu te débrouillerais pour revenir vite. Mais ce que mademoiselle m'a grondée ! Et puis, tu sais, elle veut retourner immédiatement à Arles ; elle en a assez du voyage.... Ça, c'est triste. »

Paul regarda sa sœur en riant.

« Non, ça ne se fera pas.... C'est une plaisanterie. A propos, il y a ici des chevaux excellents ; je vais écrire à papa. Je pourrais en acheter plusieurs paires : ça serait une très bonne affaire....

— Et que décides-tu pour notre voyage ?

— Nous allons nous arranger pour parcourir rapidement la Bretagne en automobile ; ensuite nous verrons.... Mais allons trouver Mlle Marlvin. »

Une fois de plus la pauvre institutrice constata que Colette finissait par avoir toujours le dernier mot. Elle dut céder aux instances de Paul qui se montrait extrêmement indulgent pour le mauvais tour que lui avait joué sa sœur.

« C'est ça, s'écria Colette qui avait déjà repris entrain et gaîté, nous partirons le matin et nous ne nous arrêterons que pour nous coucher. De cette façon, nous finirons très vite notre inspection. Vous voyez, mademoiselle, ajouta-t-elle en se tournant vers son institutrice dont le visage désolé était comique, il ne faut pas vous attrister. »

Pendant les jours qui suivirent, l'automobile jaune parcourut la Bretagne, avec la vitesse d'un bolide ; le soir, les voyageurs gagnaient leur gîte à des heures très variables. Tantôt on atteignait un lieu habitable vers sept heures ; dans ce cas on dînait, puis, après une petite promenade, Paul et sa sœur se couchaient, harassés de fatigue. Quelquefois, retardés par la visite d'un monument, d'un site, ce n'était que bien avant dans la nuit que les voyageurs gagnaient hôtel de petite ville ou auberge de campagne. Mlle Marlvin était au désespoir. Colette riait, tandis que Paul fumait philosophiquement des cigarettes.

Nos voyageurs allèrent au gré de la fantaisie et des caprices de Colette, c'est-à-dire presque toujours au hasard, à travers le Morbihan, le Finistère et les Côtes-du-Nord, dans toutes les localités connues pour être des lieux de pèlerinage, ou tout au moins renfermant chapelle, statue, etc., vénérée par les gens du pays. Mais Colette, avec désespoir, ne voyait jamais que des statues de saintes ou de saints, ou des calvaires ! Et puis, le temps était souvent couvert, d'un gris sombre. Il ventait dur et parfois il pleuvait.

Cependant, ils arrivèrent à Locronan, près de Douarnenez, par une journée éblouissante de soleil. Le bourg était en pleine effervescence. Une foule énorme le remplissait. Ce n'était que Bretons et Bretonnes, en pittoresques costumes, chacun évoquant le coin de Bretagne d'où était originaire celui ou celle qui le portait. On ne voyait que coiffes aux formes infiniment variées, dont les ailes voltigeaient au vent, grands chapeaux, robes et gilets couverts de broderies de couleur. Des mendiants, des infirmes, psalmodiaient leurs plaintes et leurs supplications. Des cercles se formaient autour de musiciens et de chanteurs ambulants qui exécutaient quelque vieille complainte dont l'origine se perd dans la nuit des temps.... Des marchandes, devant un éventaire où s'étalaient chapelets, statuettes de bois, souvenirs divers, sollicitaient les acheteurs. Des reposoirs décorés de feuillages et fleuris de roses s'élevaient çà et là.

On célébrait, en effet, cette année, le pardon de la Grande Troménie, qui n'a lieu que tous les six ans et qui commence le deuxième dimanche de juillet pour durer huit jours. Plus de vingt mille pèlerins étaient déjà venus, surtout de la Basse-Cornouaille, à ce pardon en l'honneur de saint Ronan qui a son tombeau à Locronan. Et il en arrivait encore !

Colette et son frère assistèrent à la procession qui se rend de Locronan vers Plonévez-Porzay, la chapelle de Kergoat et la forêt du Duc, et s'arrête en un endroit élevé d'où l'on a vue sur la baie de Douarnenez.

Le temps était splendide. Sous le ciel bleu, la terre, la côte, la mer, prenaient des teintes méridionales.

« Tiens, dit Paul, on dirait la Méditerranée. »

Mais Colette se récria :

« La Méditerranée.... La Méditerranée.... Elle, au moins, est toujours bleue! Tandis qu'ici.... »

Au retour, la procession traversa une lande où se dressait un rocher dont la forme bizarre rappelait vaguement celle d'un cheval, et qui, dans la région, passe pour être la jument pétrifiée de saint Ronan. Le cortège fit plusieurs fois le tour du rocher; en tête, un vieux bonhomme agitait une clochette, sollicitant les aumônes des spectateurs. Après avoir passé sous plusieurs reposoirs en forme d'arcades, la procession rentra à Locronan vers six heures et demie.

Le séjour des Dambert en Bretagne ne se prolongea d'ailleurs pas beaucoup. Au retour, Colette et son frère s'arrê-

tèrent à Dol. Ils logèrent à l'hôtel du Menhir du Champ-Dolent et furent servis par Fiacre. L'hôtel était bondé de voyageurs. Plusieurs familles avec de nombreux enfants, garçons et filles, s'y étaient établis; les jeunes collégiens de dix à quinze ans n'y étaient pas rares. Comment reconnaître les

UNE FOULE DE BRETONS ÉTAIENT VENUS POUR LE PARDON.

concurrents au milieu de cette foule? Mais n'oublions pas que Colette était curieuse et Fiacre bavard. Au bout de deux jours, après quelques questions posées par la fillette, elle sut l'histoire de Procope, de Charles et d'Arthur.

Colette s'enthousiasma pour les deux amis; elle aurait voulu les rencontrer, mais ils étaient partis !

« Où sont-ils allés? demanda Colette à Fiacre qui, pour la troisième fois, lui faisait le récit de la nuit tragique.

— Je ne sais pas, » commença par répondre Fiacre d'un air mystérieux

EN VOYANT COLETTE REVENIR SEULE, Mlle MARLVIN FUT ATTERRÉE.

car il ne voulait pas nuire à Charles et à Arthur pour lesquels il se sentait plein de sympathie.

Mais il ne sut pas résister aux supplications de Colette et il finit par lui souffler ce simple mot : Pyrénées.

Le lendemain, l'automobile jaune quittait la Bretagne....

DANS LES PYRÉNÉES

APRÈS avoir consulté les indicateurs, Charles reconnut que, pour se rendre de Bretagne dans les Hautes-Pyrénées, il était préférable de passer par Paris.

« Parfait ! dit Arthur. Nous passerons une journée à Versailles. Nous en serons ravis l'un et l'autre. »

Charles trouva le Dr Lefrançois plongé dans un travail absorbant. Il n'avait comme distraction que les cartes postales que lui envoyait son frère et les rapides promenades qu'il s'astreignait à faire chaque jour dans le parc de Versailles.

Sur sa table reposait toute une collection du *Coq gaulois*. Il avait marqué au crayon bleu les entrefilets, les petits articles se rapportant au « Concours de M. Toupie ». Charles en prit connaissance et s'en amusa beaucoup.

Une « correspondance » de Saint-Malo le fit éclater de rire. On y racontait, avec beaucoup de détails dramatiques inventés et force inexactitudes, leur aventure avec Procope. L'article était intitulé : *En plein drame.*

« Un drame s'est déroulé sur la route de Saint-Malo à Dol. Des jeunes gens qui voyageaient à bicyclette furent assaillis par trois hommes armés. Ils ne parvinrent à leur échapper que grâce à un cheval qu'ils purent monter, laissant sur le terrain leurs bicyclettes et leur lampe électrique.

« La gendarmerie est sur la piste des bandits. »

« Il n'y a qu'unechose vraie dans cette histoire, dit Charles, c'est la lampe électrique... et encore on me l'a renvoyée. »

Louis recommanda encore une fois à son frère d'être très prudent et de ne pas parcourir les routes pendant la nuit.

De son côté, Arthur racontait à ses parents ses aventures et comment il avait été dévalisé par des pick-pockets au cours de sa randonnée à Cancale. Sa mère se prodigua, elle aussi, en recommandations.

« Oh ! maman, s'écria Arthur, sois sans crainte, Charles ne me quitte plus. »

Après s'être bien reposés, avoir garni leurs valises de nouveaux vête-ments, fait remettre en état leurs bicyclettes, nos amis décidèrent de ne pas s'attarder davantage dans les « homes » confortables de leurs familles. Deux jours après leur arrivée à Versailles, ils prirent le train de Bordeaux, où ils cou-chèrent une nuit et qu'ils quit-tèrent le lendemain matin afin d'être à Tarbes dans l'après-midi.

Le pays qu'ils traversaient différait profondément de la Bretagne. On ne voyait au loin ni rochers gris, ni landes de bruyères roses où s'élèvent menhirs, calvaires, villages aux toits bas.

La campagne était plus sou-riante, plus riche en cultures, et lorsque les deux jeunes gens virent tout à coup à l'horizon la silhouette bleue des Pyrénées, ils restèrent un moment muets d'admiration.

« Ah! vraiment, nous en voyons de beaux pays! » s'écria Arthur tandis que Charles pensait en lui-même, avec reconnaissance, que c'était grâce à son cher camarade Arthur qu'il faisait ce magnifique voyage.

Les Gascons leur paraissaient plus gais que les Bretons qui, sans être tristes, sont rendus graves et sévères par le spectacle de l'Océan, de ses horizons immenses, ou par la mono-tonie des landes.

Les gens du Midi, exubérants, aux gestes prompts et vifs, à la parole abondante et facile, les faisaient rire souvent par mille traits plaisants.

A peine avait-il quitté Bordeaux que Charles s'aperçut de ce changement de caractère. Des voyageurs leur parlèrent sans les connaître, racontant leurs affaires.

Complaisants, les méridionaux sont des compagnons de route fort agréables;

ils font de la place aux voyageurs qui n'en trouvent pas, les aident à mettre leurs bagages dans les filets du wagon, de sorte que la bonne humeur règne autour d'eux.

Dès qu'Arthur eut exprimé son admiration pour le paysage que l'on traversait, un voyageur prit la parole :

« Eh ! messieurs, c'est la première fois que vous venez par ici?

— Oui, répondit Arthur.

— Oh ! alors.... Vous vous rendez à Tarbes? Oui.... Mais, pour contempler

les sites les plus célèbres, il faut aller dans le cœur même des Pyrénées, à Lourdes, à Bagnères, à Argelès....

— Justement nous allons à Ar-gelès, s'écria Arthur qui se mordit la lèvre aussitôt la phrase dite, car Charles lui avait recommandé de ne pas faire connaître le lieu où ils se rendaient.

— Ah?... Et vous connaissez un hôtel?

— Oui, » répondit Charles.

Mais le voyageur ne prit pas garde au ton sec de son interlocuteur et il continua :

« Allez à l'hôtel de l'Isard, c'est le meilleur de la ville. D'abord il se trouve dans une admirable situation et puis, outre le confort moderne, il possède un service admirable d'autocars, qui font chaque jour le service dans les parties les plus vantées et les plus pittoresques du pays. » Le voyageur s'arrêta pour respirer.

« Est-ce un beau site, Saint-Savin? demanda Charles.

— Oh ! merveilleux, un panorama immense, des arbres splendides, des....

— Vous connaissez bien l'endroit?

— Moi, pas du tout, je n'y suis jamais allé !.... »

Qu'aurait-il dit, alors, s'il avait été à Saint-Savin?

Mais Charles ne le questionna pas

Son discours aurait continué encore longtemps si le train n'était entré en gare.

Charles et Arthur prirent leurs valises, descendirent de wagon et se dirigèrent immédiatement vers les bagages afin de retirer leurs bicyclettes. Ils y retrouvèrent leur compagnon de voyage qui réclamait avec beaucoup de cris et d'exclamations ses grandes malles noires de commis voyageur, garnies de cuivre aux angles.

C'étaient des cris joyeux, des tapes sur les épaules des porteurs, des appels s'adressant à des gens qui attendaient à l'autre bout de la salle. Puis, le voyageur relevait son chapeau d'une main, et s'essuyait le front de l'autre en soupirant :

« Quelle chaleur, mes amis, quelle chaleur ! ».

Ses amis, c'étaient tous les assistants.

Ces scènes amusaient follement Arthur, qui n'en perdait aucun détail.

En possession de leurs bicyclettes, les deux amis se dirigèrent vers les omnibus alignés, comme dans toutes les gares du monde, le long des trottoirs, devant la sortie.

« *A l'Isard !*

« *Bellevue !*

« *La Concorde !*

« *Au Pic du Midi !* »

LES DEUX AMIS DÉBARQUÈRENT A TARBES.

davantage. Il ne voulait pas attirer l'attention sur leur voyage.

« Je suis représentant de commerce, continua le voyageur, comme si on lui avait demandé quelle était sa position sociale : c'est pour cela que je sais quels sont, dans chaque ville, les meilleurs hôtels, les mets réputés, les meilleurs vins. Ainsi, à Tarbes, si vous dînez chez Coumetou, vous boirez un de ces petits bordeaux... je ne vous dis que ça !.... Maintenant, si vous préférez les gâteaux, allez chez Augé, rue des Grands-Fossés : il paraît qu'à cent lieues à la ronde on ne trouve pas de babas plus savoureux et de crèmes plus moelleuses. Je dis cela, non pas d'après ma propre expérience, car... moi... les douceurs... peuh ! je préfère le foie gras. »

Tels furent les noms qui assaillirent Charles et Arthur au moment où ils parurent. Tous les porteurs criaient à la fois, en riant, puis, tout à coup, ils se lançaient quelques injures parce que l'un d'eux avait réussi avant l'autre auprès d'un client ; mais l'accès de colère ne durait qu'un instant, et bientôt tout le monde causait en plaisantant, comme s'il ne s'était rien passé.

« Allons à l'Isard, dit Arthur, puisque c'est un bon hôtel.

— Si tu veux. »

Le porteur, qui se tenait près de nos voyageurs, n'eut pas besoin de recevoir un ordre : avant que Charles eût dit un mot, les bicyclettes étaient sur l'impériale de l'autobus, les sacs dans l'intérieur et Charles et Arthur poussés sur les banquettes.

« Au moins, dans ce pays, ils sont expéditifs et on ne perd pas son temps, dit Arthur.

— Oui... on va vite.... »

En effet, l'autobus marchait à une rapide allure dans la rue qui conduisait de la gare à la place Maubourguet, où se trouvait l'hôtel de l'Isard.

Enfin, l'autobus s'arrêta ; tandis que l'on déchargeait les bagages, Charles s'écria :

« Mais une des bicyclettes n'est pas à nous !... Voici la mienne.... Arthur !... Arthur !... Regarde, ce n'est pas ta bicyclette !

— Qu'est-ce qu'il y a? Tu as une figure consternée !

— Je te dis qu'on a changé ta bicyclette.

— Tu en es sûr?

— Mais oui ; je t'en prie, occupe-toi donc un peu de tes colis. »

Charles laissait voir son mécontentement ; l'hôtelier, qui s'était avancé pour recevoir les voyageurs avec un sourire qui remontait sa bouche d'un côté jusqu'à son oreille, changea subitement de visage et sa bouche remonta de l'autre côté dans une assez laide grimace.

« Messieurs ! Messieurs ! Ce fait est inadmissible ! Qui a changé cette bicyclette ? Mon porteur est sûr et les bicyclettes qu'il a reçues de vos mains sont celles qui se trouvent ici....

— Ça, c'est exact, interrompit Arthur, car je me rappelle maintenant que, pendant que nous hésitions sur le choix de l'hôtel, je tortillais ce petit bout de corde, là... qui pend....

— Pourquoi n'en as-tu pas fait la remarque à ce moment? s'écria Charles un peu agacé.

— Parce que je regardais ces gens qui s'agitaient et couraient en tous sens dans la gare.

— Messieurs ! Messieurs ! On la retrouvera, votre bicyclette.... Ici, nous sommes tous d'honnêtes gens. Antonin, cours à la gare (l'hôtelier s'était tourné vers un garçon qui, avec tout le personnel de l'hôtel de l'Isard, entourait Charles et Arthur) et rapporte la bicyclette... la vraie... l'authentique.... Arrange-toi comme tu pourras, mais ne reviens pas les mains vides. »

Le nommé Antonin lança à un camarade, avec un geste de clown, la serviette qu'il avait autour du cou et partit au pas de course.

« Messieurs, ne vous inquiétez pas.... Veuillez choisir votre chambre et... après... le dîner vous attend.

— J'ai une faim ! » s'écria Arthur dont nul événement, même tragique, ne troublait l'appétit.

LE GARÇON ACCOURUT.

Ils s'assirent tous les deux dans la salle à manger, à une petite table. Le patron de l'hôtel, sans doute pour effacer le souvenir du fâcheux incident, servit à ses nouveaux pensionnaires non seulement un repas excellent, mais un vin exquis.

« Apprécie donc ce bordeaux ! s'écria Arthur en regardant la figure soucieuse de Charles.

— Mais songe donc, si ta bicyclette est perdue !...

— Bah ! elle n'est pas perdue... et d'ailleurs, elle le serait....

— Mais tu es fou ! répondit Charles scandalisé.

— Calme-toi... J'enverrais une dépêche à papa, et il m'expédierait l'argent nécessaire à l'achat d'une autre bicyclette.... Tu sais, il m'est arrivé une chose bien plus drôle. Une fois... à Paris.... Qu'est-ce que tu as? Tu ne m'écoutes pas? »

DES AUTOMOBILES PASSAIENT, SOULEVANT LA POUSSIÈRE.

En achevant ces mots, Arthur se tourna pour suivre la direction des regards de Charles et il aperçut le voyageur de commerce, leur compagnon de l'après-midi, qui arrivait, rouge et essoufflé.

« J'ai votre bicyclette, messieurs. J'ai votre bicyclette ! Ah !... que j'ai chaud !... Je viens de faire tous les hôtels de Tarbes... tous... sauf, bien entendu, ceux des faubourgs, ajouta-t-il d'un air fin. Quand j'ai eu une idée... de génie ! (En disant ces mots il se frappait le front.)

« Je me suis souvenu que je vous avais parlé de l'hôtel de l'Isard ! Et me voilà... avec votre bicyclette. Du reste, je n'ai eu aucun mérite à deviner à qui elle appartenait, car votre nom est sur la plaque. »

Les chercheurs de trésors se confondirent en remerciements et Charles pensa qu'il serait au moins poli d'inviter le voyageur de commerce, non pas à dîner, car ils avaient terminé leur repas, mais à prendre un rafraîchissement dans un café.

La soirée était chaude et pourtant promettait d'être délicieuse. Charles aurait préféré aller dans un lieu frais, dans un jardin public, mais leur nouveau compagnon les conduisit chez Coumetou, le café le plus brillant, le plus éclairé de la ville.

« Il y a un orchestre, déclara-t-il, et, moi lorsque j'entends de la musique, ça me donne envie de danser. Nous autres gens du Midi, nous sommes ainsi.... Oh ! pardon, je pense que vous ne connaissez pas mon nom : Paul Cabassus. Je suis d'Agen et je voyage pour les prunes, les huiles et les lampes électriques. Si vous voulez avoir des renseignements sur moi, adressez-vous au maire de Tarbes, qui est de mes amis. »

Triomphalement, Paul Cabassus passa entre les tables du café Coumetou.

Il s'assit avec ses nouveaux amis et heurta le marbre de la table avec le pommeau de sa canne. Puis, comme le garçon ne venait pas immédiatement à son appel, il frappa ses mains l'une contre l'autre.

« Hé là ! Garçon ! Voyons ! Plus de vivacité ! Tu sers des Parisiens, mon ami ! Cours un peu et rapporte-nous trois chartreuses.

— Non ! non ! s'écrièrent d'une seule voix Charles et Arthur. Nous ne prenons jamais de liqueur. Des glaces, voilà ce que nous désirons.

— Bon ! bon ! A votre idée. »

Le Méridional commanda au garçon deux glaces.

« Quelles glaces avez-vous ? demanda-t-il.

— Nous n'avons qu'à la vanille et à la framboise.

— Alors ? questionna Cabassus en s'adressant à ses nouveaux amis.

— A la framboise, » répondirent en même temps Charles et Arthur.

Cabassus prit un verre de porto.

La conversation ne tarit pas. Cabassus racontait des histoires fort drôles.

Il y eut une légère discussion entre Charles et Cabassus au moment du payement. Le commis voyageur voulait offrir les rafraîchissements aux jeunes gens, mais comme Charles insistait pour payer, Cabassus déclara que, le lendemain matin, il enverrait à ses nouveaux amis une caisse de pruneaux d'Agen.

« Nous les expédierons à maman, dit Arthur, car tu ne nous vois pas traînant notre caisse de pruneaux pendant notre voyage ! »

Charles et Arthur partirent le lendemain matin pour Argelès, où ils descendirent à l'hôtel du Pic du Midi. Le surlendemain, après avoir pris le temps d'écrire un peu longuement à leur famille et à Élisabeth, qui, depuis quelques jours, n'avait reçu aucune nouvelle des concurrents, ils déjeunèrent de bonne heure, enfourchèrent leurs bicyclettes et se dirigèrent vers Saint-Savin, qui se trouve à trois kilomètres d'Argelès.

La route grimpait en longs lacets sur les flancs du Bardérou, ombragée par des noyers et des châtaigniers. L'épaisse verdure qui arrêtait les rayons du soleil, déjà ardents, versait une délicieuse fraîcheur.

Ils croisèrent plusieurs automobiles qui filaient à une vitesse exagérée.

Arthur, qui ne pouvait pas rester longtemps silencieux, s'écria soudain :

« Tout de même, je voudrais bien savoir ce qu'est devenu Procope ?

— Qu'est-ce qui te fait penser à lui ? interrogea Charles, très intrigué.

— Ne l'avons-nous pas rencontré, tandis que nous pédalions sur une route comme aujourd'hui ?

— Avec cette différence que c'était pendant la nuit en pays plat et non pas sur une route qui domine un gave bouillonnant....

— De la poésie.... Ah ! attention ! »

Des coin... coin... coin rageurs retentissaient derrière eux à ce moment. Les

L'AUTOMOBILE JAUNE AVAIT UNE PANNE.

deux chercheurs de trésor n'eurent que le temps de se jeter de côté et une automobile jaune passa à côté d'eux, telle une trombe.

UNE RENCONTRE

C'EST un peu fort d'aller aussi vite ! » s'écria Charles, furieux, car il avait dû se coller contre un arbre et sauter de sa bicyclette, afin d'éviter un tas de cailloux.

— Ils boiraient un coup dans le gave, que cela ne m'étonnerait pas.

— Ne t'a-t-il pas semblé que l'automobile était conduite par une jeune fille?

— Moi, je n'ai rien vu, » répondit Arthur, en s'essuyant la figure avec son mouchoir.

Ils avaient fini par mettre pied à terre et marchaient à côté de leur bicyclette, car la montée continuelle leur était pénible. Enfin, à un tournant de la route, alors qu'apparaissait à leurs yeux le clocher de l'église de Saint-Savin, ils aperçurent l'automobile jaune arrêtée contre une borne qu'elle avait heurtée ; une roue était disloquée.

« Ça, ce n'est pas volé ! murmura Arthur en apercevant les voyageurs groupés devant leur voiture.

— Nous allons leur offrir notre aide, n'est-ce pas ? proposa Charles.

— Si tu veux, mais pourrons-nous leur être utiles ? »

A ce moment, une autre automobile qui descendait de Saint-Savin s'arrêta, et le chauffeur, qui était seul dans la voiture, demanda si les voyageurs avaient besoin de ses services.

« Ma foi, s'écria un grand jeune homme, vêtu d'un cache-poussière, la tête coiffée d'une casquette et les yeux cachés par de grosses lunettes, ce n'est pas de refus. Si vous pouviez me remorquer jusqu'à Saint-Savin, ça m'ira t bien. Je vais consolider ma roue. »

Les deux amis arrivaient sur les lieux de l'accident comme l'automobiliste achevait de prononcer cette dernière phrase ; Charles s'avança et dit en portant la main à sa casquette :

« Si nous pouvons vous être utiles, nous sommes à votre disposition.

— Je vous remercie infiniment ; nous allons essayer de continuer notre route en nous faisant remorquer. »

Alors Charles et Arthur reprirent leur grimpée, non sans avoir jeté un coup d'œil sur les deux voyageuses, dont l'une disparaissait dans le fond de la voiture, enveloppée de voiles de gaze. On ne pouvait distinguer sa physionomie. Quant à l'autre, qui avait sauté à terre,... c'était notre amie Colette. Les cheveux ébouriffés par la course, les bras nus au-dessus de ses gants tannés, l'air furieux, les yeux étincelants de colère, elle regarda les jeunes bicyclistes d'un air plein de dédain et se détourna pour surveiller la manière dont son frère s'y prenait pour réparer la roue.

« Elle n'a pas l'air commode, la petite demoiselle ! » dit Arthur en riant.

Quelques instants après, l'automobile sauveteuse, qui remorquait celle des Dambert à l'aide d'une corde, passa près d'eux.

« Ils n'arriveront pas en haut ! » s'écria Charles.

Il n'avait pas fini de parler que la corde qui reliait les deux voitures se rompit. L'automobile jaune fit une embardée et alla se jeter contre le petit parapet qui bordait la route.

Un cri s'éleva, poussé par la voyageuse si abondamment voilée, qui se crut à sa dernière heure. Frayeur bien

UN CHAUFFEUR REMORQUA LA VOITURE ENDOMMAGÉE.

exagérée, car le parapet arrêta l'automobile. Mais la roue déjà endommagée était désorma s hors de service.

« Pour le coup, nous ne pouvons aller plus loin, s'écria Paul Dambert, et je n'hésite pas à vous demander votre aide, » ajouta-t-il en s'adressant à Charles et à Arthur qui s'étaient précipités au secours des voyageuses.

« Paul, Paul, s'écria Colette, Mlle Marivin est évanouie ! »

Paul se précipita, tandis que Colette ouvrait son nécessaire et en tirait un flacon de sels. On eut toutes les peines à dégager de ses voiles la pauvre institutrice, tant ils étaient serrés autour de son cou. Colette, avec des mouvements brusques, les déchirait, embrouillait tout, sans réussir à les sou'ever.

« Si vous permettez, mademoiselle, dit Arthur, je m'y connais, car moi, j'ai une maman qui ne peut supporter l'auto et s'enveloppe de cette façon. »

On s'écarta et Arthur, d'une main très douce, défit rapidement les nœuds, débarrassa Mlle Marlvin de ce qui pouvait la gêner et lui enleva ses lunettes ; pendant ce temps, Charles avait couru à quelques pas, jusqu'à une mince cascade qui coulait du rocher ; il remplit d'eau un verre qu'il tendit à Mlle Marlvin.

Elle reprenait connaissance et son premier appel fut pour Colette. Sur le visage de celle-ci coulaient de grosses larmes ; elle avait cru vraiment que son institutrice n'allait pas revenir à la vie.

Mais dès qu'elle fut rassurée, sa nature reprit le dessus, et sa figure eut de nouveau une expression volontaire.

« Qu'allons-nous faire maintenant ? Impossible d'avancer avec l'auto !

— Ah ! plus d'auto ! plus d'auto ! soupira Mlle Marlvin.

— Pardon ! excuse, messieurs, dames, interrompit le chauffeur de l'autre automobile, je pourrais vous aider... mais j'ai des clients qui m'attendent à Argelès, je ne peux pas les faire attendre, surtout que c'est des bons clients....

— Mais, s'écria Paul, vous pouvez nous envoyer une voiture d'Argelès ?

— Si j'en trouve une, pour sûr... mais payez-moi d'abord.

— Ah ! oui, dit Paul sérieusement, vous nous avez remorqué pendant cinq cents mètres... alors....

— J'ai ma corde cassée... mon essence... ma....

— Bon ! Eh bien ?

— Eh bien ! cinquante francs pour la corde, cinquante francs pour ma peine....

— Et le pourboire ? demanda ironiquement Paul.

— Dame ! ce que vous voudrez.

— Eh bien ! rien du tout, dit Paul ; voilà cinquante francs pour la corde, cinquante francs pour l'essence et rien comme pourboire.... »

Le chauffeur esquissa un mouvement d'étonnement, mais, avant qu'il eût prononcé un mot, Paul ajouta :

« Faites-moi le plaisir de filer, ou vous aurez affaire à moi. »

Le chauffeur ne se le fit pas dire deux fois ; il sauta sur sa machine et partit à fond de train.

« En voilà un qui sait gagner son argent à l'occasion !... Mais ce n'est pas tout ça... occupons-nous de notre affaire. D'abord, merci, messieurs.... Je me présente : M. Paul Dambert, d'Arles....

— Je suis Charles Lefrançois.

— Et moi, Arthur Treillard....

— Nous voyageons pour... notre plaisir, interrompit Charles qui craignit qu'Arthur ne révélât encore le but de leur voyage.

— Moi aussi, avec Mlle Marlvin et ma sœur Colette.

— Quel nom ravissant ! se dit Arthur en lui-même.

— Mais le plaisir pour l'instant n'est pas grand, car Mlle Marlvin n'est pas en état d'atteindre Saint-Savin à pied.

— En tirant l'auto, ajouta Colette, en riant.

— En effet, répondit Charles. Alors voici ce que je vous propose : mon camarade et moi, nous allons aller jusqu'à Saint-Savin où nous trouverons un véhicule quelconque, automobile, charrette, calèche....

— Pousse-pousse ou palanquin ! dit Colette.

— Parfaitement, mademoiselle... et nous vous l'enverrons.

— Oui, seulement, reprit Paul, j'aurais bien voulu que l'un de vous restât pour m'aider à réparer l'auto, si cela est possible. J'ai une roue de rechange, et....

— Eh bien ! s'écria Arthur, je pars seul. Charles vous aidera.

— Moi, dit Colette, je vais aller à Saint-Savin avec M. Arthur.... Si vous le voulez bien, ajouta-t-elle en se tournant vers Arthur. Je prendrai la bicyclette de M. Charles, je sais très bien monter.

— Non ! Non ! s'écria Mlle Marlvin, pas seule sur ces routes, dans ces montagnes !... Ça, Colette, je vous le défends.

— Mais je vais avec M. Arthur....

— Non, restez avec moi, Colette.

— Mademoiselle, intervint Paul, laissez donc aller Colette, elle va nous embarrasser ici.

— Ayez confiance en mon ami Arthur, dit Charles, qui aimait mieux que son camarade ne se rendît pas tout seul à Saint-Savin, vous pouvez lui laisser accompagner votre sœur. »

Colette, qui portait une robe à plis très large, n'avait pas attendu la fin de la phrase de Charles pour sauter sur la bicyclette de celui-ci et s'éloigner à toute allure. Arthur ne put que la suivre.

Mlle Marlvin faillit s'évanouir de nouveau sur les coussins de la voiture, tandis que Charles aidait Paul à soulever la voiture avec le cric.

Paul quitta son cache-poussière, son veston, releva ses manches jusqu'au coude, jeta sa casquette sur le bord de la route ; puis, ayant pris sa boîte d'outils, il se mit en devoir d'examiner sa machine.

Charles, lui, était un peu ému de l'état de Mlle Marlvin. Il retourna chercher de l'eau fraîche ; il déboucha un flacon de cognac qu'il trouva dans le panier de camping, et prépara un cordial pour l'institutrice. Après quoi, il s'occupa de la rassurer à propos de la nouvelle équipée de Colette.

« N'ayez aucune crainte, mademoiselle ; Arthur est un peu étourdi quelquefois... mais, depuis que nous voyageons ensemble, il s'efforce de remédier à sa légèreté. »

Puis, voyant que Mlle Marlvin était à peu près remise de son émotion, il se rapprocha de Paul qu'il aida. Malheureusement les avaries de l'automobile étaient trop graves pour qu'on pût y remédier sur place, avec des moyens de fortune.

Paul s'en aperçut vite, tout en causant avec Charles.

Celui-ci raconta comment ils passaient les vacances avec son ami. Ils venaient de Bretagne, parcouraient les Pyrénées ; après, ils ne savaient encore où ils iraient....

Mais le temps passait... et l'on ne voyait apparaître ni Colette, ni Arthur. Mlle Marlvin commençait à manifester quelque inquiétude.

L'institutrice allait et venait sur la route, épiant les voitures qui venaient de Saint-Savin.

« Mais, Paul, s'écria-t-elle tout à coup, c'est incompréhensible, ils devraient être ici ?

— Mademoiselle, songez que ce jeune homme a peut-être de la peine à trouver une automobile, ou une voiture.

— Cette petite est un démon, je ne devais pas la quitter.... Je.... »

Mlle Marlvin se tordait les mains.

« Voyons, mademoiselle, calmez-vous, dit Paul dont le front était pourtant un peu soucieux.

— Non, non, interrompit Mlle Marlvin, Colette est peut-être tombée dans un précipice. Votre ami (elle se tournait vers Charles) n'ose pas revenir.... Je deviens folle.... Impossible de rester ici une minute de plus.... C'est affreux.... »

Mlle Marlvin était dans un état lamentable. De grosses larmes coulaient sur ses joues ; elle avait déchiré ses gants, ses voiles pendaient dans son dos, son chapeau était incliné sur une

oreille. Mais personne n'aurait songé à sourire, car son angoisse faisait pitié et les deux jeunes gens commençaient à partager son inquiétude.

« J'arrête la première automobile qui passe, s'écria-t-elle en se mettant au milieu de la route, et je vais à Saint-Savin.

— Moi, dit Paul, je file à pied. Lorsque je tiendrai Colette, gare à elle ! »

Paul commençait, en effet, à être furieux, un peu aussi contre lui-même.

« J'aurais dû ficeler cette écervelée.... Ah ! la mâtine !

— Moi, dit Charles, je reste avec Mlle Marlvin.

— Merci, et surveillez l'auto. »

COLETTE SAUTA SUR LA BICYCLETTE DE CHARLES.

Paul se mit en marche à grandes enjambées et il disparut bientôt derrière un coude de la route.

Mlle Marlvin tournait sur elle-même, allait de droite à gauche, son mouchoir en lambeaux, son voile foulé aux pieds. Elle ne regardait plus dans la direction de Saint-Savin, mais au contraire du côté d'Argelès.

Charles ne comprit son intention qu'à la vue d'un nuage de poussière qui s'éleva au loin ; Mlle Marlvin se mit au milieu de la route en agitant une grande écharpe blanche qu'elle avait prise dans la voiture.

L'automobile — une voiturette — était lancée à grande vitesse. Pourtant deux jeunes gens qui s'y trouvaient, ayant vu le geste de Mlle Marlvin, l'arrêtèrent et commencèrent par prononcer quelques paroles désagréables, parce qu'ils avaient failli écraser l'institutrice.

« Eh ! que voulez-vous ? Si c'est pour remorquer votre automobile, c'est bien inutile. Nous sommes pressés.

— Ce n'est pas pour l'automobile, c'est pour moi.

— Pour vous !

— Mais oui ; conduisez-moi jusqu'à Saint-Savin, je vous en supplie. Je suis dans une inquiétude....

— Elle a l'air un peu drôle, la dame, » dit le conducteur de la voiturette à son camarade.

Charles jugea bon d'intervenir.

« Messieurs, je vous prie instamment de conduire cette dame à Saint-Savin ; vous ferez un acte charitable. En chemin, elle vous expliquera dans quelle angoisse elle se trouve et vous comprendrez. »

Charles avait pris un air grave qui fit sans doute impression sur les automobilistes, car ils répondirent :

« C'est bon... mais nous serons serrés. »

Mlle Marlvin saisit la main de celui qui conduisait en s'écriant :

« Oh ! merci ! merci. »

La voiturette ne contenait que deux places ; mais un des jeunes gens s'assit sur le marche-pied, Mlle Marlvin sauta sur le siège avec une vivacité dont on ne l'aurait pas crue capable, et, tandis que l'automobile démarrait, elle cria à Charles :

Attendez-moi ici.... Je.... :

Le reste de la phrase, criée par Mlle Marlvin à Charles, se perdit dans l'espace. Charles regarda la voiturette qui s'éloignait; puis il revint près de l'automobile endommagée, et s'assit sur les coussins en se disant :

« Maintenant, qui viendra me chercher ? »

COLETTE ET ARTHUR SE FONT DES CONFIDENCES

PENDANT ce temps, Arthur et Colette étaient partis tout en causant gaîment. La fillette était ravie : c'était si amusant de faire de la bicyclette après être restée tant de longs jours dans l'automobile !

« Mlle Marlvin est très bonne, très gentille, confia-t-elle à Arthur ; mais vous savez, elle ne comprend rien.... Elle veut que je sois sérieuse comme elle ; alors....

— Oui, s'écria Arthur en riant, ça, c'est difficile....

— N'est-ce pas? Et puis Paul ne pense qu'à ses chevaux....

— Il fait de l'élevage? demanda Arthur.

— Oui, nous habitons Arles. »

Colette raconta à son nouvel ami mille choses de sa famille, ce qu'elle faisait à Arles ; puis, tout à coup, elle s'écria :

« Devinez-vous pourquoi nous sommes ici?

— Non... ou, du moins, je suppose que vous voyagez pour voir du pays?

— Oui et non.... Notre voyage a un but, ajouta mystérieusement la fillette.

— Ah !... et vous ne pouvez pas me le dire? demanda Arthur avec un peu de curiosité.

— Si.... Seulement vous allez me promettre de n'en parler à personne, pas même à votre ami Charles. »

Inutile de dire que la marche des deux enfants s'était beaucoup ralentie. Lorsqu'on se confie des secrets, on ne peut faire de la vitesse !

« Je n'ai pas de secrets pour lui ; mais si vous y tenez....

— Beaucoup.... Alors vous promettez? insista Colette.

— Je promets, » répondit Arthur.

Colette rapprocha sa bicyclette de celle d'Arthur et, se penchant vers lui, elle murmura tout bas :

« Eh bien ! nous cherchons le trésor de M. Toupie ! »

La fillette se redressa triomphalement en regardant Arthur, pour juger de l'effet qu'elle produisait. Il fut foudroyant. Arthur s'arrêta net et Colette faillit dégringoler de sa machine. Avec sa vivacité habituelle, elle rétablit son équilibre, mais mit bientôt pied à terre.

« Comment... le trésor de M. Toupie?...

— Oui ! Qu'y a-t-il d'extraordinaire à cela?

— Mais... c'est....

— C'est?... C'est?... Ah ! là ! là ! Est-ce comique !... Je parie que vous

le cherchez aussi? » s'écria Colette en éclatant de rire.

Arthur hésitait à répondre. Mais Colette l'avait pris pour confident; pourquoi serait-il plus méfiant?

« Écoutez ; promettez-moi, vous aussi, un secret absolu. »

Colette hocha la tête en signe d'assentiment.

« En effet, nous aussi, nous cherchons le trésor de M. Toupie. Nous venons de Dol....

— Nous aussi....

— Nous allons à Saint-Savin.

— Nous aussi....

— Peut- être irons-nous au Puy. Charles y a une amie, Élisabeth, qui lui écrit de temps en temps. Il paraît que des concurrents se sont dirigés de ce côté.

— Dieu, que c'est amusant ! Quelle chance que l'automobile ait eu cet accident! Nous allons voyager ensemble ! Que je suis donc contente ! »

Et Colette battait des mains, tout en retenant sa bicyclette qui menaçait de tomber.

« Mais vous m'avez promis le secret !... s'écria Arthur inquiet.

— Mais oui ! Mais oui ! N'ayez aucune crainte. C'est notre secret à tous les deux. Mais je crois que nous ferions bien de nous dépêcher, car ils nous attendent là-bas.

— Oh ! c'est vrai !... »

Les deux enfants remontèrent à bicy-

clette et atteignirent bientôt Saint-Savin.

Saint-Savin est un joli site, d'où l'on a vue sur la vallée du gave de Pau. On y remarque les restes d'une abbaye élevée, dit-on, par Charlemagne, et qui aurait servi de retraite à l'ermite

saint Savin, fils d'un comte de Barcelone, ainsi qu'une très ancienne église romane. Sur la place du bourg se dressent de vieilles maisons, infiniment curieuses, avec des arcades en bois, et une croix de pierre portant la date : 1783. Quant à la chapelle de Pietat, un monument du XVIIe siècle dont la description s'était imposée à l'esprit de Charles Lefrançois, elle se trouve sur une plateforme dominant la route.

Mais Colette et Arthur ne firent pas, pour le moment, attention à toutes ces vieilles choses. Ils cherchaient un hôtel ou un garage d'automobiles. Comme ils n'en trouvaient pas à l'entrée du bourg, Arthur s'adressa à un gros boulanger qui se tenait sur le pas de sa porte.

« Pourriez-vous m'indiquer un loueur de voitures ou d'automobiles?

— Tenez, là-bas, vous verrez une enseigne : *Caussade*. »

Colette et Arthur, poussant leurs bicyclettes, se dirigèrent vers l'endroit indiqué. Ils virent, au-dessus d'une grande porte, une vaste enseigne où étaient peints, d'un côté un cheval attelé à une élégante voiture, et de l'autre une automobile de la meilleure marque. Au centre, le nom du loueur: *Caussade*. Mais la cour de cette maison était silencieuse, on n'apercevait nul être humain, pas un valet d'écurie, pas un cheval, pas même un chien ; seules trois ou quatre poules picoraient ici et là, et un chat noir dormait sur l'appui d'une lucarne.

« Hé ! là ! cria Arthur, il n'y a personne ici?...

— Hé ! là ! » répéta Colette d'une voix beaucoup plus pointue.

Comme le plus profond silence continuait à régner dans l'établissement, Arthur sortit et inspecta les alentours. Sur une porte, il vit le mot : *Buvette*.

« Très bien; là-dedans, je trouverai des cochers. »

Et il entra dans le petit café ; mais

auparavant, il avait prié Colette de rester sur la place avec les deux bicyclettes : il ne pouvait tolérer que sa nouvelle amie entrât dans un cabaret.

La pièce renfermait peu de monde : trois ou quatre habitants du pays attablés devant des verres de vin.

« Pourrais-je avoir une voiture pour aller chercher, à peu de distance d'ici, des touristes dont l'auto a eu un accident ? »

— Adressez-vous en face.

— Il n'y a personne.... Voyons, c'est très pressé. »

Un jeune homme se leva.

« Il n'y a plus d'autos à cette heure-ci.... Quant aux voitures, on pourra peut-être trouver un cheval, mais....

— Eh bien, ça va alors....

— Eh mais ! attendez.... Combien donnerez-vous pour la course?

— Ce n'est pas loin et....

— Oh ! ça ne sera pas moins de quarante francs. Pensez donc... un bon cheval....

— C'est cher ; enfin, entendu. Attelez vite ; je vais vous montrer la route.

— C'est très bien tout ça, mais il faut payer d'avance.

— D'avance ! Mais.... » Arthur pensa qu'il n'avait qu'une petite somme sur lui ; quant à Colette, elle devait être aussi démunie d'argent que lui.... « Je n'ai pas la somme sur moi.... Nous voyageons avec nos parents.

— Ah ! ça, c'est fâcheux.... Alors, rien à faire.

— Mais, voyons, s'écria Arthur indigné en voyant que son interlocuteur se rasseyait à la table de ses compagnons, avons-nous l'air de mendiants?

— Non, pour sûr ; seulement, par cette chaleur, risquer d'aller chercher des voyageurs qui ne seront peut-être plus là....

— Puisque je vous dis que l'auto est abîmée et ne peut avancer.... »

Les paysans attablés se mirent à discuter en patois. On ne pouvait les comprendre, mais Colette, qui était entrée dans le café, regardait leurs physionomies et devinait que les avis étaient partagés ; les uns poussaient le jeune homme à partir, les autres à rester. Elle le dit rapidement à Arthur.

« Ecoutez, dit tout à coup ce dernier, puisque nous ne pouvons pas vous payer, je vais vous donner ma bicy-

clette en gage. Elle est d'une excellente marque.... Alors, dépêchez-vous d'atteler votre cheval et de partir....

— C'est bon, allons voir la bécane. »

Le jeune cocher se leva et, suivi de ses amis, sortit du cabaret. Ils exami-

UNE JEUNE FEMME APPORTA DU LAIT.

nèrent avec soin la machine, puis ils dirent à Arthur de les accompagner dans la remise. On enferma la bicyclette dans un réduit ; Colette, qui trouvait fatigant de traîner la sienne, la mit à côté de l'autre.

« Comme ça, dit Arthur en riant, vous en aurez deux au lieu d'une. »

Le jeune cocher rit de tout son cœur en montrant ses dents blanches ; il souhaitait en lui-même de ne pas rencontrer les voyageurs, car la bicyclette lui faisait joliment envie.

Il sortit de l'écurie un petit cheval de la race du pays, aux jambes minces et à la tête fine, l'attela à une antique victoria et monta sur le siège. Arthur et Colette avaient décidé de ne pas aller avec lui, afin de laisser toute la place aux voyageurs en détresse. Au moment de soulever les guides, le cocher fit tournoyer son fouet et s'écria :

« Sur la route de Pierrefitte à Argelès, n'est-ce pas?....

— Oui, répondit Arthur, qui, avec

COLETTE N'AVAIT PAS PEUR DES ANIMAUX.

son étourderie habituelle, ne crut pas devoir préciser que le lieu où se trouvaient les voyageurs était du côté d'Argelès et non pas du côté de Pierrefitte.

— Oui ! Oui ! ajouta Colette. C'est ça....

— Vous trouverez deux jeunes gens, une dame et une automobile à moitié démolie. »

Clic ! Clac ! Le fouet cingla l'air et l'attelage partit au grand trot.

« Maintenant, ne pensez-vous pas que nous pourrions goûter? J'ai une faim terrible, dit Colette.

— Oui... mais il n'y a pas de pâtissier par ici.... Allons donc jusqu'à la place de l'église, nous en trouverons peut-être là. »

Sur une terrasse d'où la vue s'étendait au loin, des femmes travaillaient en groupes, tandis que des marmots jouaient autour d'elles. Contre l'église se trouvaient quelques petites boutiques en plein vent où l'on vendait des cierges et des médailles.

Les marchandes se précipitèrent à la vue des jeunes voyageurs, tendant leurs articles et criant toutes à la fois :

« Mademoiselle, un cierge?

— Ma petite demoiselle, une médaille... Votre prière sera exaucée... Un cierge, une médaille.... »

Colette s'éloigna avec humeur.

« Elles sont assommantes, ces vieilles femmes. Quand Mlle Marlvin sera ici, nous achèterons quelque chose ; pour l'instant, je veux goûter. »

Arthur fut de l'avis de Colette et, après avoir questionné une des marchandes, ils se dirigèrent vers une maison dans laquelle ils pénétrèrent en poussant simplement une porte.

Une jeune femme, qui tenait un bébé dans ses bras, alla chercher du lait, des gâteaux de maïs, des pains aux raisins, qu'elle posa sur une table.

« Mais, chuchôta tout bas Colette à Arthur, vous avez de quoi payer?

— Oui ! Oui ! dit Arthur en riant ; je n'ai pas beaucoup d'argent, mais enfin assez pour payer notre goûter. »

Ensuite les deux enfants se promenèrent dans Saint-Savin.

Comme le soleil commençait à descendre à l'horizon, Arthur dit tout d'un coup :

« Allons donc voir si nos voyageurs sont arrivés. »

Après avoir descendu des chemins sinueux et de petits escaliers, tourné pluseurs fois à droite, puis à gauche, ils se trouvèrent enfin sur une grande route.

« On peut faire quelques pas sur cette route, proposa Colette.

— Oui... sans aller trop loin.... »

Il faisait beau, la campagne semblait se réjouir sous les rayons du soleil couchant, des troupeaux de bêtes passaient. Colette n'avait peur ni des vaches, ni des bœufs, ni des chiens. Elle les appelait et voulait leur donner les morceaux de pain qu'elle avait encore dans les mains.

Arthur fit un beau bouquet de fleurs, de seringa odorant, de roses, de pervenches....

Ils s'assirent sur le talus et regardèrent passer les gens.

Soudain Arthur s'écria :

« Mais il se fait tard. Il faut retourner au bourg. »

Arrivés devant la remise, quel fut leur étonnement en voyant le jeune cocher faire des exercices savants sur la bicyclette d'Arthur !

« Holà ! Holà ! s'écria ce dernier, ma bicyclette ! Vous vous l'appropriez un peu vite. Où sont nos parents?

— Vos parents? Eh bien ! en voilà une histoire ! Pas plus de voyageurs que sur ma main. Aussi maintenant, bien malin qui....

— Comment? s'écria Colette, Mlle Marlvin, Paul?...

— Charles? » questionna à son tour Arthur.

Le cocher s'arrêta en voyant la figure consternée d'Arthur et de Colette.

« Oui... l'auto... la dame... mon ami...? s'écria Arthur au comble de l'inquiétude.

— Personne, je vous dis, personne.... Sur la route de Pierrefitte, j'ai dépassé Adost.

— Ciel ! Mais ce n'est pas là !... Ils sont sur la route d'Argelès !

— Mais, riposta le cocher, vous m'avez dit sur la route de Pierrefitte à Argelès. J'ai cru que c'était du côté de Pierrefitte. Vous auriez dû m'indiquer que c'était du côté d'Argelès ! »

Arthur montrait le plus violent désespoir et se reprochait sa légèreté.

« Ah ! mon Dieu ! qu'allons-nous faire ? »

. Le pauvre garçon se voyait sans argent, ayant abandonné son ami... et tout ça par étourderie.... Ah ! pauvre Arthur ! Quelle tête ! Colette eut pitié de lui. Elle s'approcha, lui prit la main.

« Voyons ! Nous allons les retrouver.... »

Des hommes, des femmes entouraient les enfants.

« Bien sûr que Peninou (c'était le nom du cocher) va repartir.... Laisser comme ça des personnes sur la route !...

— Naturellement.... C'est de sa faute aussi. Pourquoi a-t-il voulu être payé? Il a tout embrouillé....

— C'est vous qui vous êtes mal expliqué.... Vous m'avez dit.... »

Tout le monde criait et parlait à la fois ; on aurait dit qu'on se disputait.... Ce tumulte aurait immensément amusé Colette si elle n'avait pris en pitié la figure d'Arthur.

Tout à coup quelqu'un fendit la foule ; c'était un grand jeune homme qui saisit Colette dans ses bras et lui donna sur les joues deux baisers retentissants.

Puis, se tournant vers Arthur, il lui demanda en riant, tout en épongeant son front couvert de sueur :

« Et cette voiture que vous deviez nous envoyer?

— Mais nous vous l'avons envoyée ! »

Paul — car c'était lui qui venait d'arriver à pied — regardait la foule d'un air stupéfait.

Alors les habitants du pays qui se trouvaient là lui expliquèrent tous ensemble comment Arthur et Colette avaient, en effet, envoyé une voiture, comment ils avaient mis en gage une bicyclette, comment le cocher, mal informé, avait pris à droite, au lieu d'aller à gauche, en sorte qu'il n'avait trouvé aucun voyageur auprès d'une automobile démolie.

Au milieu de tant de paroles véhémentes, Paul eut beaucoup de peine à comprendre ce qui s'était passé. Il y parvint cependant.

Alors il s'enquit d'un véhicule. On lui apprit qu'une automobile était disponible. Il donna l'ordre de la tenir prête à partir.

« Il faut au plus vite aller calmer cette pauvre Mlle Marlvin. »

Au moment où il prononçait ces mots, voilà que celle-ci, appuyée sur le bras d'un automobiliste à grosses lunettes, fendit la foule.

« Elle n'est pas morte ! » s'écria-t-elle en apercevant Colette, et elle faillit encore s'évanouir.

La foule se mit à vociférer encore plus fort.

« Cette pauvre dame ! Ces enfants dénaturés ! Cet étourdi de Peninou, etc., etc.... »

Paul, n'écoutant rien, saisit Mlle Marlvin par un bras, l'automobiliste la prit par l'autre, ils la transportèrent dans une pharmacie qui se trouvait là, tandis qu'Arthur et Colette, émus et confus, les suivaient, portant le sac, l'ombrelle, l'écharpe de la pauvre institutrice.

On fit de nouveau respirer des sels à Mlle Marlvin, qui reprit peu à peu ses sens. Lorsque Paul vit qu'elle revenait à elle, il s'enquit d'un hôtel. A ce moment, on l'avertit que l'automobile qu'il avait commandée était prête.

« D'abord, déclara Paul à Arthur et à Colette, je vais vous installer à l'hôtel, vous mettre dans une chambre et fermer la porte à double tour, car, à mon retour, vous auriez encore disparu....

— Oh ! monsieur, s'écria Arthur, laissez-moi aller avec vous auprès de Charles, car....

— Non, non ! Jamais de la vie. Vous avez été un petit étourdi, je vous condamne à rester avec ma sœur et Mlle Marlvin. Puis il ajouta, pour adoucir sa sévérité : « Il faut veiller sur ces dames. »

Arthur était très vexé, et son esprit était plein de remords quand il pensait à Charles.

Cinq minutes après, Paul avait installé tout son monde, Mlle Marlvin se coucha. Quant à Colette et Arthur, ils reçurent l'ordre de Paul de ne quitter l'hôtel sous aucun prétexte.

« Sous aucun prétexte ! » cria-t-il tandis qu'il montait dans l'automobile.

Celle-ci démarra et s'éloigna....

Pauvre Charles ! Quelles angoisses n'avait-il pas éprouvées pendant ces longues heures d'attente ! Mille suppositions avaient traversé son esprit, depuis l'idée d'un accident arrivé à Colette, à Arthur ou aux autres voyageurs, jusqu'à celle de l'abandon de son ami !

Il avait un caractère courageux, mais la solitude au milieu de ces montagnes que le soir commençait à assombrir l'impressionnait. Un sentiment de détresse lui serrait le cœur. Le bruit du gave lui paraissait assourdissant, et faisait contraste avec le silence de la route sur laquelle ne passait plus personne.

« Ah ! mon cher Toupie, que ton trésor est dur à conquérir ! »

Mais jamais il ne lui vint à l'idée d'abandonner l'automobile pour monter à pied à Saint-Savin. Ne lui en avait-on pas confié la garde?

Tout à coup, il entendit un grondement d'automobile ; il se dressa et écouta, mais le grondement cessa, puis de nouveau se fit entendre. Enfin, il n'eut plus de doute, une automobile arrivait. Bientôt elle apparut : c'était celle qui

amenait Paul de Saint-Savin. A la vue de Charles, Paul s'écria :

« Tout le monde sain et sauf ! »

Paul, comprenant que le jeune garçon avait passé quelques heures de pénible attente, lui serra la main avec force, tout en lui racontant en riant les exploits d'Arthur et de Colette.

Pendant qu'ils parlaient, le jeune homme, aidé du chauffeur, attachait la voiture abîmée à l'autre automobile, puis il donna le signal du départ et l'on se mit en route pour Saint-Savin...

La nuit ne fut pas suffisante pour réparer les forces de tous les voyageurs, et ce fut seulement le lendemain, vers midi, qu'ils se retrouvèrent autour d'une table fleurie. Le repas avait été commandé par Paul.

Arthur était encore confus de son équipée de la veille; quant à Colette, avec son insouciance habituelle, elle proclamait que tout s'était terminé très heureusement et que le voyage allait devenir supérieurement amusant parce qu'elle avait trouvé un ami de son âge.

« Où irons-nous maintenant? demanda-t-elle dès que les convives furent tous assis.

— Mais je suppose, déclara assez fermement Mlle Marlvin, que cette dernière aventure suffira et que nous allons reprendre le chemin de la maison.

— Oh ! non ! s'écria Colette.... Je veux aller au Puy.

— Au Puy, pourquoi faire? »

Colette se vit dévisagée à la fois par Charles, par Arthur, par Paul. Le premier se demandait si Arthur n'avait pas commis encore une indiscrétion, le second lui faisait signe pour lui recommander le silence, le troisième (qui avait deviné le but du voyage de Charles et d'Arthur) se disait : « Ma sœur est une petite maligne. »

Mais Colette prit la figure la plus innocente du monde et dit simplement :

« Parce qu'Arthur m'a parlé d'une petite fille, une amie de M. Charles, qui demeure au Puy et parce que j'ai envie de faire sa connaissance.

— Justement, je reçois une lettre d'elle à l'instant, dit Charles. Je ne l'ai pas encore lue.... Nous irons peut-être la voir pendant ces vacances.

— Allons-y.... Allons-y.... Vous viendrez avec nous en automobile, n'est-ce pas, Paul?

— Je ne demande pas mieux.... Quand la voiture sera réparée, ce qui, je l'espère, ne tardera guère, car j'ai fait venir un mécanicien d'Argelès. Si tout le monde est réuni dans l'automobile, au moins on ne se perdra pas.... »

Les convives se mirent tous à rire, exceptée Mlle Marlvin, très mécontente de la prolongation du voyage, et Arthur, dont la figure, devenue subitement cramoisie, indiquait que sa conscience n'était pas tranquille....

UNE LETTRE D'ÉLISABETH

Dans la matinée, Charles avait pris soin de parcourir en détail Saint-Savin. Il avait visité l'église et la chapelle de Pietat, et noté l'existence,

CHARLES TROUVAIT LE TEMPS LONG.

sur la place, des vieilles maisons à arcades. La Vierge byzantine en bois sculpté, remontant à l'époque des Croisades, qui se trouve dans l'église ne lui avait pas échappé, mais évidemment cette statue ne reposait pas sur un rocher. Allons ! ce n'était pas encore ici que l'on trouverait le trésor de M. Toupie. Une fois de plus, il s'était trompé !

Assez attristé, il n'avait pas encore fait part à Arthur du résultat de ses investigations, car il voulait d'abord prendre connaissance de la lettre d'Élisabeth.

Pour la lire, il se rendit de nouveau près de la chapelle de Pietat.

La terrasse dominait le gave, et au loin les sommets neigeux des Pyrénées faisaient paraître sombres les vallées.

« Figure-toi, écrivait Élisabeth, que toute la ville est en émoi. Il arrive chaque jour des gens qui cherchent le trésor de M. Toupie; bien entendu, ils n'indiquent pas le but de leur voyage, mais tout le monde le devine.

« Des garçons de douze à quinze

ans parcourent les environs dans tous les sens et j'ai une peur horrible qu'ils ne trouvent le trésor avant toi. Pourquoi n'es-tu pas venu d'abord au Puy? Il me semble que les données du concours s'appliquent à notre pays. Et puis, pourquoi n'ai-je plus de tes nouvelles depuis la carte que tu m'as envoyée de Dol ? Où es-tu? et que comptes-tu faire?

« Il y a eu une scène entre des voyageurs de l'hôtel Lafayette. Un professeur qui accompagnait deux jeunes gens — venus pour le concours — a accusé un jeune voyageur de le suivre et de l'épier. Celui-ci l'a mal pris ; alors, parmi les assistants, les uns se sont prononcés pour le professeur, les autres pour son adversaire. Finalement on en est venu aux coups ; le patron de l'hôtel s'en est mêlé et a voulu faire venir la police. Cela a calmé tout le monde et, le soir, au restaurant, tout était rentré dans le calme ; mais le professeur et ses élèves avaient disparu.... Des gens les ont vus dans notre département de la Haute-Loire, du côté de Polignac, explorant les alentours. Je ne sais pourquoi je m'imagine que c'est lui qui trouvera le trésor !... Sa figure est parfaitement antipathique.... C'est du moins papa qui le dit, car, moi, je ne l'ai jamais vu.

« Un autre concurrent, nommé Trébois, a voulu grimper au Puy sur la statue de la Vierge ; il s'est penché pour rattraper son chapeau, il a glissé ; ses vêtements se sont accrochés à la statue et l'ont retenu ; sans cela il se serait probablement tué. Mais il a fallu faire venir les pompiers pour le dégager, le gardien de la statue n'ayant pas voulu risquer sa vie pour un « écervelé ». Moi, je pense que ce n'est pas en haut de la statue qu'il faut chercher le trésor.

« Un autre concurrent circule la nuit à bicyclette. Comme nous sommes à l'époque de la pleine lune, les nuits sont fort claires et, sur les routes, l'on y voit comme en plein jour. Alors il va de Polignac à Sénillac, de Sénillac à la Roche, au lac du Bouchet, et, à chaque croisement de route, il s'arrête, regarde à droite, à gauche, en suivant un plan tracé sur un carton.

« Tu me demanderas comment je sais tout ça? Parce que ce concurrent, qui a quitté Le Puy après avoir déclaré que le trésor n'était pas ici, a raconté ses voyages nocturnes au fils du proviseur du lycée. Quant à ce dernier — il a, comme tu sais, quinze ans — il prétend que tous les candidats

L'INSTITUTRICE FAILLIT ENCORE S'ÉVANOUIR.

sont des nigauds et que, s'il s'était mis à la recherche du trésor, il l'aurait trouvé depuis longtemps. Pour parler ainsi, il connaît peut-être M. Toupie et la cachette du trésor.

« Écris-nous vite et raconte-nous tes aventures. »

Tout en pliant la lettre pour la remettre sous son enveloppe, Charles se représentait son amie, assise près d'une table, ayant devant elle une corbeille remplie de bas et de chaussettes à repriser, ou bien, le matin, débarbouillant ses frères hurlant sous l'eau des éponges ou les dents du peigne. Et un rapprochement se faisait dans son esprit entre cette fillette si raisonnable, si « maman » déjà, et Colette, volontaire, gâtée, capricieuse, tapant du pied et se fâchant pour le moindre incident qui empêchait de continuer le voyage endiablé qu'elle avait entrepris.

Charles poussa un soupir, se leva et se dirigea vers l'hôtel. A peine avait-il fait quelques pas qu'il se trouva face à face avec Arthur et Colette qui couraient; en le voyant, les deux étourdis

« JE SUIS SURE, DIT COLETTE, QUE VOUS TROUVEREZ LE TRÉSOR. »

se mirent à gesticuler avec frénésie et à pousser des cris joyeux.

« Holà ! Où te cachais-tu?

— Nous vous cherchions partout.... L'auto va être réparée, cria Colette d'une voix perçante afin de dominer celle d'Arthur.

— Mais où allons-nous? demanda ce dernier. Que te dit Élisabeth? Parle-t-elle du concours? »

Ces questions se pressaient, et les deux enfants bondissaient autour de Charles ahuri qui ne savait à qui répondre.

Colette prit un de ses bras, Arthur l'autre et, dans un même mouvement affectueux, se penchèrent vers lui. « Allons, dit Arthur, ne prends pas cet air triste....

— Je suis sûre que vous trouverez le trésor.... »

Colette, en disant ces mots, rejetait en arrière les boucles de ses cheveux qui tombaient sur ses yeux.

Charles se mit à rire ; tandis qu'ils descendaient une petite ruelle tortueuse, pavée de cailloux pointus, il raconta les anecdotes rapportées dans la lettre d'Élisabeth. A bien des indices,

il devinait qu'Arthur, une fois de plus avait bavardé, et que, d'autre part Colette était partie, elle aussi, à la conquête du trésor. Alors, à quoi bon faire le cachottier? Ce qui amusa le plus la fillette, ce fut l'histoire du concurrent accroché à la statue de la Vierge.

Puis, elle posa beaucoup de questions sur Élisabeth, et quand Charles s'arrêta après avoir fait son éloge, elle dit d'un petit air réfléchi :

« Oui,... je vois,... je comprends,... elle ne me ressemble guère...

— Oh ! non ! » s'écria Charles.

Il sentit que la main qui emprisonnait son bras se crispait un peu ; à peine avait-il prononcé cette réponse qu'il comprit son impolitesse.

« Je veux dire,... ce n'est pas du tout la même chose. Élisabeth n'a plus sa mère et elle la remplace auprès d'une sœur et de deux petits frères, et....

— Oui,... oui, je comprends : Élisabeth est raisonnable, ce que je ne suis pas. Élisabeth ne peut aller à droite et à gauche, comme moi, selon son humeur; Élisabeth n'a pas un grand frère qui dit : oui toujours, et une institutrice qui ajoute : amen.

Après quelques secondes de silence, Colette Dambert ajouta :

« Eh bien ! tout cela me donne une envie folle de faire la connaissance d'Élisabeth, cette perfection.... Et puis, qui sait? Là-bas, nous aurons peut-être plus de veine ! »

... Durant l'après-midi, cette phrase, lancée par la fantasque Colette, ne cessa de hanter l'esprit de Charles Lefrançois. « Mais oui, après tout, se disait-il, puisque nos recherches ont été infructueuses jusqu'ici, pourquoi n'irions-nous pas au Puy et dans ses environs? » Sans doute, d'après la lettre d'Élisabeth, de nombreux concurrents avaient déjà parcouru sans succès cette région. Mais cela prouvait-il que le trésor ne s'y trouvait pas? « Allons, conclut Charles, on peut toujours essayer ; on verra bien. Et puis je serais si content de voir Élisabeth ! »

Sa résolution prise, il la communiqua à Arthur et à Colette. Inutile de dire que la nouvelle fit bondir de joie cette dernière. Elle se précipita comme une écervelée qu'elle était auprès de son frère, afin de l'inviter à presser les réparations de l'automobile. Dans sa hâte, elle aurait voulu partir sur-le-champ, mais la voiture ne pouvait être en état que le lendemain matin. Force lui fut donc de s'incliner, malgré son impatience, devant ce cas de force majeure.

Charles et son ami occupèrent le restant de leur après-midi à envoyer des cartes postales à Versailles. Le premier écrivit aussi une longue lettre à Élisabeth, dans laquelle il lui annonçait leur prochaine arrivée, ainsi qu' « une surprise ». Le soir, Paul Dambert s'occupa des derniers préparatifs.

Le lendemain matin, à sept heures, les voyageurs disaient adieu à Saint-Savin. L'automobile s'arrêta à Argelès où l'on prit les bagages de Charles et d'Arthur, puis l'on fila sur Saint-Gaudens et Toulouse; dans cette dernière ville, l'on fit halte pour déjeuner. Puis l'on repartit pour Mende, et l'automobile arrivait au Puy dans la soirée.

Durant la randonnée, Mlle Marlvin ne s'était pas trop plainte, parce que l'automobile marchait à une allure assez modérée, et puis elle se disait qu'au Puy elle resterait au moins une semaine dans son lit.

Elle remarquait d'ailleurs avec joie combien le caractère de Colette s'améliorait au contact de Charles. Après tout, ce voyage ne serait peut-être pas aussi inutile qu'elle avait pensé.

Il n'y avait eu aucun incident à déplorer et l'on n'avait égaré aucun voyageur. Il faut dire que Paul avait eu la main ferme. Et quand Paul décidait

COLETTE FRAPPA A LA PORTE DE LA CHAMBRE VOISINE.

quelque chose, il s'entêtait autant que sa sœur.

Chemin faisant, Charles, Arthur et Colette avaient combiné de quelle manière ils se présenteraient à Élisabeth.

« Demain à huit heures, disait Charles, nous entrerons chez elle ; je me mettrai entre vous deux et....

— Mais, moi, je suis comme Colette, je ne la connais pas, interrompit Arthur.

— Oh ! parfait ! dit Colette. Ça fera deux surprises !

— Mais Arthur n'est pas une surprise ! s'écria Charles en riant.

— Que suis-je alors? demanda Arthur un peu piqué.

— Ma Providence ! » dit Charles très vite, ce qui fit rougir Arthur.

Charles avait déjà raconté à Colette et à son frère que c'était grâce à M. Treillard qu'il avait pu se mettre à la recherche du trésor. Ce récit avait fait grande impression sur la fillette. Aurait-elle eu jamais l'idée de venir ainsi en aide à un ami? Mais, avec sa légèreté habituelle, elle s'était dit :

« C'est que, moi, je n'ai jamais eu un ami comme Charles, ni une amie comme Élisabeth. »

Nos trois voyageurs, qui s'étaient si bien promis de se rendre dès huit heures du matin chez Élisabeth, ne se réveillèrent qu'à neuf heures passées ! Mlle Marlvin les avait laissés tranquillement dormir dans leurs chambres, se félicitant de pouvoir jouir de cette matinée de repos.

Paul, infatigable et vaillant, était sorti de l'hôtel à neuf heures en se frottant les mains mystérieusement.

Donc, vers dix heures, Colette se dressa sur son lit en se frottant les yeux. Elle regarda sa montre, et s'écria d'une voix furieuse :

« Oh ! mademoiselle Marlvin, pourquoi ne m'avez-vous pas réveillée? »

Mais Mlle Marlvin n'était plus là ! La fillette sauta à terre et courut frapper à la porte verrouillée, qui donnait dans la chambre des garçons.

« Charles,... Arthur,... êtes-vous là ?... Entendez-vous ?

— Oui, répondirent des voix, de l'autre côté de la porte. Oui, nous nous réveillons.... Dépêchons-nous de nous habiller....

— Oui.... Bon.... »

Colette se jeta sur la sonnette, pour appeler la femme de chambre. Celle-ci lui annonça que Mlle Marlvin était sortie avec M. Paul Dambert. Colette ouvrit sa malle dont elle éparpilla le contenu à travers la pièce. Une robe par-ci, une autre par-là, une chaussure jaune... et puis une noire, une paire de bas... des gants.... Cette robe-ci, cette robe-là.... Tout fut bientôt hors de la malle.

Une fois que Colette eut choisi son costume de l'après-midi, — elle voulait être belle pour sa première visite à Elisabeth, — elle commença sa toilette ; mais, comme elle n'était pas habituée à la faire seule, cela n'alla pas tout seul.

Pourtant elle en vint à bout ; lorsqu'elle n'eut plus qu'une dernière agrafe à attacher à sa robe, on frappa à la porte :

« Toc, toc, toc.

— Qui est là?

— Moi, répondit la voix de Paul, moi, avec une surprise.

— Entre... entre donc, » répondit Colette d'un ton légèrement impatienté.

Paul ouvrit la porte. Il s'effaça pour laisser entrer... une fillette aux longs cheveux blonds.

« Voilà, dit le grand frère ; je t'amène Elisabeth Tourneur, que tu désirais tant connaître. »

Colette demeura stupéfaite pendant quelques instants.

Elle s'était représenté à sa manière l'amie de Charles, et elle se trouvait en face d'une jeune fille de sa taille, vêtue d'une jolie robe de mousseline blanche et bleue, coiffée avec goût sous un chapeau de paille orné d'une couronne de petites roses pompon et qui souriait gentiment en s'approchant d'elle.

Colette fronça les sourcils. Que Paul était donc taquin ! C'était elle qui voulait faire une surprise à Elisabeth et voilà que les rôles étaient renversés. Colette suivit des yeux le regard d'Élisabeth; et soudain elle eut honte

de l'aspect de sa chambre où tout
était en désordre ; mais son orgueil prit
bien vite le dessus et, secouant la tête,
elle tendit ses mains et dit d'un ton
dégagé :

« Bonjour, mademoiselle Élisabeth ;
je suis bien contente de faire votre
connaissance.

— Et moi je suis heureuse de vous
rencontrer, » répondit Élisabeth.

Cette dernière pensait : « Comme elle
est drôle, la nouvelle amie de Charles,
avec ses cheveux courts et son petit air
volontaire. »

Mais la glace ne se fondait pas entre
les deux enfants. Il fallut pour cela
l'arrivée bruyante de Charles et d'Arthur que Paul était allé chercher.

« Bonjour, Élisabeth ! Quel bonheur
de te revoir !... Comme tu as grandi!...
Comme....

— Présente-moi...   présente-moi,
souffla Arthur en tirant son camarade
par la manche.

— Élisabeth, je te présente mon
fidèle ami, Arthur Treillard.

— Mais je le connais bien.
Dans ses lettres, ajouta-t-elle
en s'adressant à Arthur, Charles parle sans cesse de vous.

— Et je suis sûr qu'il ne
vous a dit que du bien de
moi !...

— Oh ! non ! pas toujours, répondit
Élisabeth en riant.

— Et de moi? demanda Colette.

— Mademoiselle, Charles m'a simplement écrit que vous étiez une petite
fée dont l'aide augmente toutes les
chances qu'il a de découvrir le trésor
de M. Toupie. »

Colette rougit de plaisir.

« Voyons, mes enfants, s'écria Paul,
vous avez l'air figé. Qu'allez-vous
faire? car, moi.... »

Alors les quatre enfants lancèrent à
la fois les propositions les plus variées.

« Venez chez nous... nous déjeunerons....

— Allons sur les rochers....

— Explorons les environs....

— Prenons l'automobile.

— Attendez... quelle heure est-il?
demanda Paul en tirant sa montre.

— Onze heures et demie, s'écria Élisabeth. Ah ! mon Dieu, il faut que je
rentre. Que dira papa s'il ne me trouve
pas à son retour à la maison?

— Nous... commencèrent Colette
Arthur et Charles.

— Vous déjeunez tous à la maison,
c'est convenu avec Mlle Marlvin, n'est-

LES DEUX FILLETTES SE TROUVÈRENT FACE A FACE.

ce pas, monsieur Paul? dit Élisabeth.

— Oui... oui.... Mlle Marlvin a demandé qu'on la laisse se reposer aujourd'hui. J'ai accepté l'invitation de
Mlle Élisabeth... à la condition toutefois que mes trois compagnons n'échap-
peront pas à ma surveillance, car....

— Tu n'as pas besoin de raconter ces
histoires anciennes, interrompit brusquement Colette.

— Si... si... car c'est trop drôle....
Figurez-vous,... » commença Arthur....

Les enfants sortirent de l'hôtel ;
mais avant de partir Colette embrassa
Mlle Marlvin rentrée quelques instants
auparavant.

Arthur, d'une façon très spirituelle, raconta le voyage d'Argelès à Saint-
Savin, la rencontre avec les Dambert et
le résultat de sa légèreté, etc.... Ils
arrivèrent fort gaîment à la demeure
d'Élisabeth Tourneur. Tout en chemi-
nant, Charles et Arthur jetaient des
coups d'œil sur les maisons ; ils regardèrent, tandis qu'on traversait la place
du Breuil, la statue de la Vierge qui

« ELLE A LES CHEVEUX COURTS ! » S'ÉCRIA L'UN DES JUMEAUX
EN APERCEVANT COLETTE.

se dressait sur le rocher Corneille.

Les voyageurs furent reçus par M. Tourneur, très heureux de revoir Charles, et à qui Arthur et Colette plurent infiniment.

Élisabeth avait fait entrer ses hôtes dans une petite pièce très jolie, bien rangée, meublée d'un piano, d'un bureau, d'une table, sur laquelle était posé un bouquet de fleurs.

C'était son domaine, où ne pénétraient pas les petits jumeaux, ni même sa sœur Marie ; cette chambre communiquait avec une plus grande pièce, consacrée aux enfants.

Là, au contraire, régnait le désordre le plus complet.

Les joujoux traînaient dans tous les coins, des albums jonchaient le sol,

un chemin de fer mécanique encombrait le plancher.

« Voilà le royaume de « mes enfants », s'écria Élisabeth.

Les enfants, qui s'amusaient à construire une tour avec des cubes, se levèrent à la vue des visiteurs.

« Oh ! s'écria un des deux jumeaux en apercevant Colette, elle a des cheveux courts !

— C'est un garçon ! » dit l'autre.

Colette rit aux larmes de ces deux réflexions. Paul conquit les jumeaux ; les ayant pris sur ses genoux, il leur fit faire une telle chevauchée qu'ils ne voulurent plus le quitter et qu'à table, ils se mirent résolument à ses côtés malgré le protocole qu'Élisabeth voulait suivre.

Le déjeuner fut joyeux. Colette observait avec une réelle surprise Élisabeth qui remplissait les devoirs de maîtresse de maison comme une grande personne. Mais son étonnement fut à son comble quand Charles demanda qui avait confectionné l'excellent entremets que l'on servit.

« C'est Élisabeth, dit M. Tourneur.

— Oh ! mademoiselle, quelle perfection vous faites ! s'exclama Paul.

— Comment trouvez-vous le temps de faire d'aussi bon gâteau ? questionna à son tour Charles, car je pense bien que vous allez en pension ?

— Oh ! oui » s'écria Elisabeth.

Mais cette agréable causerie ne faisait rien oublier à Arthur qui suivait son idée ; tout à coup il s'écria :

« Ah ! çà, ne perdons pas de vue le but de notre voyage : le grand concours de M. Toupie ! Il me semble que... »

A ces mots de « concours de M. Toupie » prononcés par Arthur, les regards de tous les convives se dirigèrent vers celui-ci.

« Je me demande, reprit-il, pourquoi

COLETTE NE SAVAIT PAS RACCOMMODER LES BAS

nous ne sommes pas venus immédiatement ici, au Puy, car....

— Mais nous ne nous serions pas rencontrés, interrompit Colette. Par conséquent, il n'y a rien à regretter.

— Expliquez-vous, demanda Paul qui finissait par s'intéresser au concours.

— Voilà. L'énoncé du concours dit, point 3 : « Non loin d'une statue de la Vierge élevée sur une roche ». Eh bien ! la statue de Notre-Dame de France s'élève sur le rocher Corneille. Point 5 : « En face d'une église ancienne de pur style »... Or, nous avons ici la cathédrale Notre-Dame, de style roman. D'autre part, j'ai aperçu de vieilles maisons à arcades. Ceci concerne le point 8.

— C'est vrai !... répondirent plusieurs voix.

— Oui, dit Charles en exhibant le programme du concours qu'il portait toujours sur lui ; mais où vois-tu le lac du point 4 et le château en ruines du point 7 ?

— Qui te dit qu'ils n'existent pas ? » riposta Arthur.

M. Tourneur demanda le fameux programme et se mit à le lire attentivement.

« Ma foi, dit-il en le rendant à Charles, moi qui connais assez bien la ville et ses alentours immédiats, je ne vois pas, en effet.... Le point 7 fait allusion à une rivière. Ici, coulent la Borme et le Dolézon. Mais le lac ? et le château en ruines à cinq cents mètres ?...

— A mon avis, dit Paul, il faudrait explorer avec soin les environs.

— Mais, dit tout à coup Élisabeth, vous cherchez un château en ruines.... Il y a celui de Polignac qui se trouve à quatre kilomètres et demi d'ici. Si ce renseignement peut vous être utile....»

Arthur, qui pressait tout le monde d'agir, proposa que Paul, Charles et lui se rendissent chacun dans une direction différente, afin d'activer les recherches. Charles fit une objection ! Il désirait vivement ne pas laisser aller Arthur seul.

« Oh ! sois tranquille.... Je te promets de revenir tous les soirs dîner au Puy.

— Hum ! hum ! » s'écria Charles d'un air de doute.

M. Tourneur prit la parole.

« Moi, je conseille à Charles et à Arthur d'aller ensemble. De son côté, M. Dambert sera....

—... accompagné de sa petite sœur, acheva Paul. Mais tu me sembles bien silencieuse, continua-t-il en regardant Colette avec quelque étonnement. Toi qui étais si turbulente, si agitée, si pressée ! Tu nous as fait faire en quittant Arles du cent-vingt à l'heure et maintenant....

— Eh bien, maintenant, vous êtes trois pour chercher et découvrir le trésor. Alors... je préfère me reposer.

— Te reposer, toi ? s'écria Paul stupéfait.

— Eh oui ! répondit Colette avec un peu d'impatience.... Je préfère rester avec Élisabeth.

— Oh ! comme cela me ferait plaisir ! s'écria celle-ci.

— Tiens, dit Paul, j'avais envie d'emmener Mlle Élisabeth en promenade avec moi.

— Qui s'occuperait de mes petits frères et de ma sœur Marie ? »

Colette se redressa et regarda la figure d'Élisabeth qui avait un peu rougi en disant ces mots ; elle devinait que sa jeune amie aurait accepté de faire la promenade avec un réel plaisir. N'avait-elle pas dit, un instant auparavant, qu'elle n'était jamais montée dans une automobile ?

Colette, pour la première fois peut-être de sa vie, réfléchit, et immédiatement une idée lui vint du cœur.

« Écoutez ! Écoutez ! Élisabeth ira avec Paul en auto... et ils feront de la vitesse ; pendant ce temps, moi, je soignerai ses frères et sa sœur. »

Personne n'eut envie de rire en entendant cette proposition, sauf Paul qui regarda ironiquement sa sœur. Colette comprit ; car elle ajouta vivement :

« Non ! non ! Ce n'est pas ça qu'il faut faire.... Nous confierons les enfants à Mlle Marlvin.

— Mais nous ne pouvons demander un tel service à Mlle Marlvin, dit M. Tourneur.

— Oh ! tranquillisez-vous, répondit Colette d'un ton assuré. Pourvu que Mlle Marlvin n'aille pas en automobile, elle surveillerait volontiers cent cinquante diables d'enfants ou conduirait à la foire un troupeau de petits cochons. »

COLETTE FIT DES CONFITURES.

Tout le monde de rire en entendant la phrase de Colette.

« Où nous dirigeons-nous ? demanda Arthur.

— Eh bien ! dit Charles, suivons le conseil d'Élisabeth, allons à Polignac. »

Le repas prit fin et, après avoir bu un café exquis, les convives se séparèrent.

ARTHUR FAIT ENCORE DES SIENNES

CHARLES et Arthur prirent leurs bicyclettes et filèrent sur Polignac. Paul avait décidé d'explorer en automobile le pays du côté de Fay-le-Froid. Comme il eût été incorrect de prévenir brusquement Mlle Marlvin qu'elle avait à garder les enfants, Élisabeth renonça à l'accompagner. Colette et elle s'assirent sur des chaises basses près de la table à ouvrage, à côté d'une grande corbeille remplie de bas, de chaussettes de toutes couleurs. Comme Colette ne savait pas raccommoder les bas, Élisabeth commença à lui apprendre à faire une reprise ; tout en travaillant, les deux fillettes bavardaient et se racontaient leurs vies, combien différentes ! Et, pourtant, Élisabeth ne se plaignait pas ! Colette l'écoutait avec stupeur et admiration. Le reprisage terminé, Colette aida Élisabeth à préparer des confitures.

Charles et Arthur avaient pris la grande route qui mène à Saint-Paulien. Puis, ils s'engagèrent sur une autre route qui se dirige vers Polignac.

Le trajet sur la grande route n'avait pas été très agréable, mais maintenant, bien que le chemin montât, on ne respirait plus de poussière et le soleil ne tombait pas en plein sur les épaules des voyageurs. Une rangée

ARTHUR AVAIT MANGÉ LES GATEAUX AVEC APPÉTIT.

d'arbres, dont le **vent** agitait légèrement les feuilles, donnait un peu de fraîcheur.

Charles descendit de sa bicyclette et, adossé à **un arbre**, il regarda la carte. Arthur, lui, s'assit par terre.

« Là ! là ! que j'ai chaud... après **un** déjeuner pareil... et cette farceuse de Colette qui nous abandonne.... »

Mais Charles ne l'écoutait pas.

« Oh ! mais curieux, ça ! Je vois qu'il y a un lac dans la région, le lac du Bouchet....

— Tu as besoin d'un lac ? demanda négligemment Arthur en mâchonnant un brin d'herbe.

— Je t'en prie, pense un peu au concours, mon ami.

— Mais je ne fais que ça.

— Pense surtout **au** point 4 : « En un endroit d'où la vue s'étend sur un lac, etc... » C'est à déjeuner que l'idée de ce lac m'est revenue à l'esprit ; je l'avais complétement oublié.

— Tu vois, **on** oublie toujours quelque chose.

— Ce que tu deviens philosophe ! s'écria Charles, un peu moqueur.

— Oh ! tu sais, je suis résigné maintenant ; je pense que nous ne trouverons pas le trésor... parce que tout le monde nous lâche peu à peu... et puis, vraiment, il fait trop chaud !

— Eh bien ! moi, au contraire, je suis rempli d'espoir et je file....

— Hé là ! Hé là ! Attends un peu, » cria Arthur en remontant sur sa machine et en essayant de rattraper son camarade.

Ils furent bientôt sur le plateau de Polignac d'où la vue s'étend au loin sur la ville du Puy d'un côté et sur les monts d'Auvergne de l'autre. Les deux pics rocheux qui se dressent au milieu du Puy se détachaient nettement au-dessus des maisons.

« C'est beau ici ! Est-ce que tu aimes mieux la Bretagne ? demanda Arthur.

— Ce n'est pas la même chose.

— Moi, je pense qu'en Bretagne notre voyage n'a pas été aussi amusant que dans les Pyrénées ou ici.... »

Charles se mit à rire :

« Peut-être bien ; mais en Bretagne nous avons fait la connaissance de Procope... que nous reverrons peut-être.... »

Les deux amis atteignaient les ruines du château de Polignac, dont il ne reste que des murailles ébréchées et un énorme donjon carré. Ils se penchèrent sur le puits, fameux dans le pays, creusé au milieu des ruines, l'*Abîme*, profond de quatre-vingts mètres, et y jetèrent une pierre qui mit de longues secondes avant de faire : plouf ! dans l'eau. Puis ils s'assirent à l'ombre et regardèrent autour d'eux.

« Nous sommes en face de la cathédrale du Puy, dit Charles.... Non loin d'un château en ruines.

— Nous sommes assis dessus.

— Nous voyons des rochers, une rivière, deux même, la Borme et le Dolézon, mais pas de lac ! Donc, ce n'est pas ici la cachette du trésor. Mais nous allons poursuivre notre exploration. Je voudrais aller du côté de ce lac du Bouchet que j'ai remarqué sur la carte ; de là, nous reviendrons au Puy.

— Oh ! moi qui croyais que nous prendrions le même chemin pour le retour ! s'écria Arthur consterné. Alors j'ai laissé dans un trou, sous une touffe d'herbe, un petit paquet de gâteaux que Colette m'a remis au moment de partir.... Tu comprends, j'avais assez de me trimballer moi-même....

— Mon Dieu ! que tu es contrariant avec tes inventions ! s'écria Charles mécontent. Voilà une excursion incomplète et manquée. Nous n'arriverons jamais à aucun résultat.

— Ne te fâche pas, je t'en prie mon vieux. En effet, j'embrouille toujours tes plans.... Mais c'est très simple : je vais revenir tout seul et toi tu feras ton exploration comme tu l'as projetée.

— Ça, non ! pour que je passe la nuit à te rechercher !

— Tu me froisses, mon cher, par ton manque de confiance. Écoute, je vais te prouver que tu as tort. Je te promets d'être à sept heures au Puy ; je te jure de ne pas me laisser entraîner par qui que ce soit.... Tu entends ; donc pars tranquille. Je n'ai qu'un regret : c'est que tu ne mangeras pas de gâteaux.

— Cela n'a aucune importance, s'écria Charles en riant ; mange ma part, mais sois à l'heure. »

Les deux chercheurs de trésor descendirent un chemin rocailleux en tenant leurs bicyclettes à la main. Puis Arthur, qui rebroussait chemin, se sépara de Charles. Arrivé sur le chemin ombragé, il agita son mouchoir. Charles, qui s'était lui aussi retourné, lui répondit par un geste d'adieu, avant de s'éloigner rapidement, un peu préoccupé pourtant de laisser son ami partir seul.

Quelques instants après, Charles contournait le plateau de Polignac. Un chemin de traverse lui fit rejoindre la route du Puy à Saint-Paulien. Puis il la quitta, descendit par de petits sentiers dans la vallée de la Borme, franchit à un passage à niveau la ligne de chemin de fer qui la suit. Un pont enjambait la Borme, il s'y engagea et fut bientôt à Espaly, bâti dans un site des plus pittoresques. Le village est dominé par un énorme rocher sombre, taillé à pic, d'origine volcanique. De l'autre côté de la Borme se dressent, au flanc d'un gros massif basaltique, les curieuses « orgues » d'Espaly.

Après avoir consulté sa carte, Charles prit la route de Ceyssac. Son regard fut attiré par le vieux château en ruines qui se dresse au-dessus du village sur un rocher escarpé étrangement creusé d'excavations. Il se hâtait ; il faisait moins chaud et il était ravi de tout ce qu'il découvrait.

Il arriva, à travers un pays très accidenté, sur la route qui va du Puy à Langogne. Pousserait-il jusqu'à Cayres et plus loin, jusqu'au lac du Bouchet? Ce dernier se trouve à dix-neuf kilomètres du Puy et à une altitude de douze cents mètres. C'était une sérieuse grimpée et il commençait à être fatigué. D'ailleurs, la journée s'avançait. De loin, il aperçut un petit village juché au-dessus d'un rocher abrupt et qui dominait une profonde vallée dans le creux de laquelle coulait le Dolézon. Il regarda sa carte ; ce village devait être Roques. Charles

aurait bien voulu se hisser jusque-là, car l'endroit était saisissant. Mais, vraiment, il se faisait tard. Il réussit à vaincre sa curiosité avide, tout en se promettant de revenir le lendemain. Ce soir, il fallait rentrer. Avant de partir,

CHARLES, APPUYÉ CONTRE UN ARBRE, CONSULTAIT LA CARTE.

il jeta des regards autour de lui. Comme ce lieu était paisible ! Comme la vue était belle !

Après quelques instants de contemplation, Charles remonta sur sa bicyclette et commença de descendre vers le Puy.

Les routes étaient bonnes ; il eut vite franchi la distance qui le séparait de la ville.

Il se rendit à l'hôtel. Ni Arthur, ni les Dambert ne s'y trouvaient. Il s'habilla avec soin, car Mme Saint-Paul, l'amie des Tourneur, l'avait invité à dîner avec ses compagnons de route. Quand Charles arriva chez Mme Saint-Paul, rue Pannesac, tous les invités étaient déjà présents ; seul, Arthur manquait au rendez-vous !

Charles expliqua pourquoi il s'était séparé de son ami ; tout le monde se mit à rire, sauf Colette qui pensa qu'Arthur avait dû s'égarer.

« Il a sûrement pris une mauvaise route.

— Oh ! je n'aurais pas dû le quitter ! s'écria Charles.

— Tranquillisez-vous, mon jeune ami, dit alors Mme Saint-Paul, qui n'avait jusqu'ici pu placer un mot. Le jeune Arthur a douze ans, il est assez grand pour trouver son chemin tout seul, soyez-en convaincu.

« Nous allons nous mettre à table, cela le fera arriver. »

Tout le monde passa dans une belle salle à manger ornée de tapisseries anciennes, et les convives prirent place autour de la table, mais ni Charles ni Colette, très inquiets, ne purent avaler une cuillerée de potage.

Tout à coup, un coup de sonnette retentit.

« C'est lui ! dit Charles.

— Le voilà ! » s'écrièrent tous les invités.

En effet, c'était Arthur, la figure rouge, les cheveux ébouriffés, la cravate dénouée, les chaussures couvertes de poussière.

« Madame ! madame ! pardonnez-moi; mais si vous saviez mon aventure !...

— Tu as trouvé le trésor? s'écria Charles.

— Vous savez où il est? » demanda Colette.

Non... c'est-à-dire presque !... s'écria l'interpellé. Mais j'ai vu Procope....

— Procope? s'enquit anxieusement Charles.

— Oui, Procope !... Et je l'ai poursuivi et il m'a fourré dedans.... Il est ici, il va trouver le trésor... et toi, Charles, tu ne l'auras pas ! »

La figure d'Arthur exprimait le plus violent désespoir.

« Mon enfant, dit alors Mme Saint-Paul, calmez-vous. Ne prenez pas les choses tragiquement ; si Charles ne mettait pas la main sur le trésor... eh bien... il s'en consolerait, voilà tout. Mais je vous félicite pour la vivacité de votre amitié. Voyons, prenez votre place....

— C'est que je ne puis dîner avec mes mains sales.

— Dépêchez-vous ! Dépêchez-vous ! On veut savoir l'histoire de Procope. »

Arthur sortit et revint au bout de quelques instants ; il n'avait pris que le temps de se laver un peu la figure et les mains. Dès qu'il rentra, tous les enfants crièrent :

« Vite ! vite ! l'histoire!

« Eh bien, voilà, commença Arthur. A peine avais-je quitté Charles que je regrettais de ne pas l'avoir accompagné, parce que le chemin me parut moins agréable qu'à l'aller. Enfin, je retrouvai le paquet de gâteaux ; je me mis en devoir de les déguster.

« Je n'avais englouti qu'un éclair, un baba et une « religieuse » quand, à un tournant de chemin, apparurent un voyageur et deux jeunes gens qui poussaient leurs bicyclettes devant eux. Au premier coup d'œil, je reconnus Procope. Je me levai, me mis en travers du chemin et m'écriai : « Monsieur Procope ! Monsieur Procope ! C'est vous ! » Aussitôt, il s'avance vers moi et m'envoie un croc-en-jambe qui me fait rouler par terre.... »

Un cri d'indignation, poussé par l'auditoire, interrompit le récit d'Arthur.

« Attendez ; en m'étalant, j'écrase les gâteaux qui restaient et j'ai une rapide vision de crème au chocolat mélangée par terre avec du rhum, des fruits, du sirop... et de la poussière. »

M. Tourneur, Mme Saint-Paul, Paul Dambert, Mlle Marlvin se mirent à rire ; mais Charles, Colette et Paul ne souriaient pas.

« Alors? dit Colette.

— Je bondis sur ma bicyclette pour rattraper Procope qui détalait à toute vitesse avec ses élèves. « Ho là ! criai-je. Arrêtez-vous ! » Plus je criais, plus ils filaient... et j'étais furieux. Alors je pédalais, pédalais.... Bon ! Nous voilà sur une grande route, cela allait mieux pour moi, mais pour eux aussi naturellement.... Je gagnais du terrain, un des garçons perdait de son assurance et commençait même à faire quelques zigzags. Procope se retournait et criait : « Va donc ! Va donc, Gaston. » Et Gaston faisait tous ses efforts, mais en vain. Je fus bientôt à quelques mètres d'eux. « Monsieur Procope, criai-je, je vous somme de vous arrêter.... » Pas de réponse. « Monsieur Procope, votre conduite est indigne ! Pourquoi ce croc-en-jambe? » A ce moment, une corne d'automobile retentit. Nous étions tous les quatre au beau milieu de la route. En cet endroit, elle fait une légère courbe. Je donne un bon coup de pédale pour essayer de « couper » Procope et... je me trouve nez à nez avec lui.... Nous nous heurtons. Un choc. Et nous voilà tous les deux dans le fossé.

« Ah! m'exclamai-je, tandis que je tâtais mes membres en me relevant, vous êtes bien forcé maintenant de vous arrêter! » Je ne pouvais mieux dire, car il s'était fait une entorse.

— Bien fait ! s'écria Colette haletante.

« Alors, le voilà qui se met à hurler et à m'accabler d'injures. « Oui, vous cherchez le trésor de M. Toupie.... Vous me suivez depuis la Bretagne, vous m'espionnez, car vous savez que je connais la cachette du trésor !

« — Je sais que vous connaissez la cachette? m'écriai-je, stupéfait. Mais nous n'avons jamais entendu parler de vous. Nous nous moquons pas mal de vous, croyez-le bien. Nous saurons le trouver sans vous, ce trésor ! ajoutai-je d'une voix pleine de dignité.

« — Naturellement, s'écria Procope, maintenant que j'ai une entorse ! »

« Enfin, j'ajoutai que je ne comprenais rien à toutes ses calembredaines, que nous lui avions porté secours lors de son accident sur la route de Dol, mais qu'aujourd'hui il s'en retournerait comme il le pourrait au Puy, car je ne m'occuperais certainement pas de l'aider. Pendant ces explications, ses deux élèves se tenaient cois devant lui avec un air terrorisé, sans prononcer une parole. Je tournai le dos à Procope et ramassai ma bicyclette. Elle avait sa roue faussée ! J'attendis quelques instants. Procope continuait ses discours : « Pourquoi êtes-vous venus au Puy? Pourquoi pensez-vous que le trésor est ici et que M. Toupie demeure dans les environs? »

— Il demeure ici? s'écrièrent d'une seule voix Colette et Élisabeth.

— Attendez. Sans même me retourner, je répondis : « Comme vous êtes aimable de me donner ce renseignement, car j'ignorais complètement le fait. Au surplus, je ne perdrai pas mon temps à vous expliquer pourquoi nous sommes ici plutôt qu'ailleurs. Je n'ai qu'une chose à vous dire : je vous prie de vous mêler de ce qui vous regarde ! » Au ton de sa voix, j'avais compris à quel point il enrageait.

« — Allons, cria-t-il rudement, Gas-

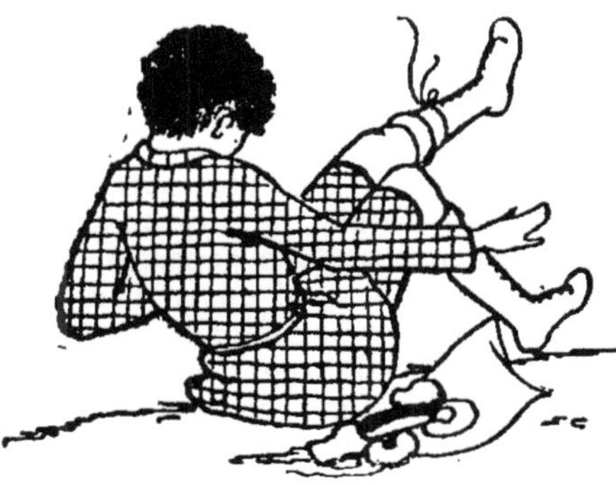

ton, arrêtez la première voiture qui passera, afin que l'on me transporte au Puy; ma cheville me fait horriblement mal. — Permettez encore, lui

dis-je d'un air narquois, je veux rentrer ce soir au Puy et c'est moi qui arrêterai cette première voiture. »

« Nous vîmes d'abord passer une charrette de paille traînée par deux bœufs. Mais Procope n'interpella pas les paysans qui l'escortaient ; moi non plus, du reste. Je m'étais éloigné de quelques pas, évitant d'être trop près de ce personnage énigmatique. Bientôt, un nuage de poussière s'éleva au loin; je saisis mon sifflet et, imitant la manière des agents de police de Paris, je fis entendre un sifflement prolongé pour faire arrêter l'automobile.

— Brave Arthur ! Bonne idée !

— L'auto s'arrête, je m'avance. Il n'y avait qu'un voyageur dans la voiture. J'explique mon cas. Puis, tout bas, j'ajoute (Procope ne pouvait pas m'entendre) : « Emmenez ce voyageur, il a une entorse. »

« L'automobiliste me regarda curieusement à travers ses lunettes, puis il dit : « Eh bien ! je vous prends tous les deux et les deux machines. »

« Il descend et il va vers Procope : « Voulez-vous profiter de ma voiture? Vous avez l'air de souffrir? — Oui, répond d'un air rogue notre adversaire, mais vous emmènerez aussi ces deux jeunes garçons : je ne m'en sépare jamais. — Impossible, répond l'automobiliste, car je ne peux charger ma voiture de quatre voyageurs et de quatre bicyclettes. — Alors, je reste, dit Procope.

« Moi, je riais sous cape, j'avais une idée. Quand je vis qu'on n'en sortait pas, je pris un ton important en me redressant : « Monsieur, il y a là un blessé, mettez-le dans votre voiture ; prenez le plus jeune des garçons, le jeune Doudou, et accrochez deux machines derrière votre auto ; moi et le dénommé Gaston nous rentrerons au Puy sur les bicyclettes intactes. — Voilà qui est parlé, s'écria l'automobiliste, vous êtes très ingénieux.... Monsieur, ajouta-t-il en s'adressant à Procope, je vais vous aider à vous hisser sur le siège. »

« Le chauffeur prit Procope par les épaules, l'installa sur les coussins puis enleva Doudou comme une plume pour le mettre à côté de lui, et attacha en un tour de main les bicyclettes derrière la voiture. Pendant que je l'aidais dans cette installation, Procope avait appelé Gaston et lui avait glissé quelques mots à l'oreille.

« Quand tout fut prêt, je m'adressai à Procope : « Monsieur, vous voyez, je rends le bien pour le mal. Je veillerai sur votre élève et sur votre bicyclette, car elle va me servir pour rentrer au Puy. Monsieur, continuai-je en m'adressant à l'automobiliste, vous voudrez bien déposer la mienne à l'Hôtel de France, où je demeure. »

« L'automobiliste secoua la tête affirmativement et fila. Aussitôt, je montai sur la machine de Procope et Gaston sur la sienne.

— Que tout cela est émouvant ! dit Élisabeth.

— Attendez. Vous comprenez que je n'avais nulle envie d'ouvrir la bouche. A quoi bon parler à un garçon à qui on a recommandé de se taire? Mais Gaston, lui, avait le désir de parler. Au bout de quelques instants, tout à coup, il me dit :

« — Vous êtes un brave type.

« — Eh oui !... pas mal ! n'est-ce pas?

« — Ce n'est pas le genre de M. Procipe !... »

« Je continue à garder un prudent silence.

« — Je voudrais bien vous confier un secret.

« — Oh ! vous savez, moi, je ne tiens pas à le recevoir.... C'est ennuyeux à garder, les secrets....

« — Ça m'étouffe... et puis, vous pourrez peut-être faire quelque chose pour nous.... Nous sommes si malheureux !...

« — Alors, parlez....

« — D'abord, je vais vous dire où se trouve le trésor de M. Toupie !

« — Non ! non ! Taisez-vous !

« — Vous ne voulez pas? C'est dommage, dit Gaston tristement.... Eh bien ! je vous confierai un autre secret.... Vous me promettez de ne pas le dire à M. Procope?

« — Je le promets.... »

« Gaston se pencha vers moi.

« — D'abord nous sommes, Doudou et moi, les neveux de M. Procope.... Ensuite, il ne veut pas qu'on trouve le trésor de M. Toupie, car il veut, lui, avoir tout l'argent de M. Toupie.... Vous comprenez?

« — Mon Dieu ! dis-je, prodigieusement étonné... à peu près. Il y a

quelques obscurités. Quel lien existe entre votre oncle Procope et M. Toupie ?

« — M. Toupie l'avait presque adopté lorsqu'il était jeune, en souvenir de notre père qui était bon, lui, et qui

C'ÉTAIT JOUR DE MARCHÉ.

était l'ami de M. Toupie.... Papa est mort.... Mais l'oncle Procope a une mauvaise habitude, c'est de rendre toujours le mal pour le bien.... Donc, l'oncle Procope nous a pris avec lui. M. Toupie lui donnait de l'argent pour nous, mais notre oncle le dépensait en vêtements, en dîners, et quand il n'en avait plus, il en redemandait à M. Toupie en disant que c'était pour nous. Cela a duré jusqu'au jour où M. Toupie ne voulut plus entendre parler de lui. Toutefois, M. Toupie continuait à venir nous voir quand il savait que l'oncle était absent.

« — Que fait-il, votre oncle?

« — Rien.... Un matin, parut dans un journal l'annonce du concours. L'oncle Procope fut saisi d'une rage folle ; il ne voulait pas que quelqu'un trouvât le trésor. C'est alors qu'il se mit lui-même en route avec le désir de dérouter les concurrents. Nous avons parcouru la Bretagne, où nous vous avons rencontrés.... Et, maintenant, l'oncle Procope empêchera tous les concurrents d'approcher de la cachette du trésor.

« — Ça, c'est épouvantable, dis-je indigné. Mais pourquoi restez-vous avec lui puisqu'il est si méchant?

« — C'est notre tuteur.... Il n'est pas méchant, il est faux.... »

« Comprenez-vous un garçon qui prononce une parole aussi grave? J'en étais abasourdi.

« — Écoutez, repris-je, vous avez eu confiance en moi; je ferai tout mon possible pour vous venir en aide. J'espère que Charles trouvera le trésor. Lorsque nous verrons M. Toupie, — c'est vous-même qui m'avez dit que lui et son trésor se trouvent par ici, — je vous promets que nous tenterons tout, avec mon ami Charles, pour vous tirer des griffes de votre oncle. »

« Il me tendit la main. Ce fut tout. Au moment d'arriver au Puy, je lui donnai mon nom et mon adresse. Il ne voulut pas en prendre note, de crainte que Procope ne trouvât le papier. Quant à eux, nous saurons bien leurs noms dès que nous verrons M. Toupie. Voilà. »

Un silence suivit les dernières paroles d'Arthur. Colette ouvrait de grands yeux effarés. M. Tourneur fit entendre un : hum ! hum !

Paul murmura :

« Bizarre, cette histoire ! »

Cette phrase rompit la sorte d'anxiété dans laquelle ce récit avait plongé l'assistance.

Tandis que chacun se plaisait à énoncer les plus baroques réflexions au sujet de M. Toupie, de Procope et de ses deux neveux, Charles souffla tout bas à Arthur :

« Tu es le meilleur ami du monde.

— Oh ! tu en ferais autant si tu étais à ma place. »

A ce moment, Colette s'écria de sa voix un peu pointue :

« Eh bien ! moi, ce que je trouve de plus merveilleux dans tout cela, c'est Arthur !

— Bravo ! A l'unanimité, nous proclamons Arthur le modèle des amis. »

Sur cette parole de Mme Saint-Paul, on se leva de table et on passa dans le salon. Mais M. Tourneur déclara qu'il était fort tard et qu'on avait besoin de repos. Mlle Marlvin fut de son avis, car elle trouvait que les enfants étaient terriblement surexcités.

On prit congé de Mme Saint-Paul. Elle embrassa tendrement Élisabeth. Colette se haussa sur la pointe des pieds pour recevoir elle aussi un baiser.

« Ah ! madame, dit-elle, si vous saviez comme je suis contente d'avoir connu Élisabeth. »

Tous les invités reprirent le chemin de leurs demeures.

LES TROIS PEUPLIERS.

IL résultait de certains des propos tenus par Procope et par son neveu Gaston : 1º que M. Toupie habitait dans la région du Puy ; 2º que c'était dans cette région, très probablement, que se trouvait caché le trésor.

Avant de se mettre au lit, Charles, Arthur et Paul Dambert s'entretinrent de ce qu'il fallait faire. On convint que, dès le lendemain matin, on se mettrait en campagne. Charles souhaitait retourner du côté de Roques et pousser, par Cayres, vers le lac du Bouchet. Sa proposition fut acceptée d'enthousiasme.

Paul Dambert déclara que lui et sa sœur ne participaient désormais aux recherches que de façon tout à fait désintéressée et qu'ils n'avaient d'autre désir que d'aider Charles.

Après quoi, on se sépara en se souhaitant bonne chance pour le lendemain.

A sept heures du matin, les trois explorateurs étaient debout et prêts à partir. Le moteur de l'automobile jaune fut mis en marche et la voiture fila bientôt dans la campagne, sur la belle route qui va du Puy à Langogne. Ils ne faisaient pas du « cent vingt », parce qu'à cette heure matinale la route était encombrée de paysans, de troupeaux qu'on conduisait aux champs, et de charrettes qui portaient au marché du Puy des légumes, du beurre, des fromages et des œufs.

« Tenez, disait Arthur, qui voyait

toujours le côté comique des choses, si nous accrochions un de ces véhicules, quelle omelette nous ferions sur cette belle route blanche !»

Mais rien de fâcheux n'arriva pendant le trajet. A une douzaine de kilomètres, alors qu'on était en pleine montée, Charles décida de s'arrêter près d'une meule de blé et il tira d'une de ses poches une carte et le programme du concours. Au loin, on apercevait le Puy et les silhouettes de ses deux pics.

«Voyons, dit-il en s'appuyant confortablement sur les coussins de la voiture, nous sommes en face d'une vieille église, la cathédrale du Puy ; il y a une statue de la Vierge élevée sur un rocher ; la vue s'étend sur des arbres.... A trois kilomètres d'une rivière.... Ma foi ! nous avons le choix entre la Loire, la Borne et le Dolézon.... Un château en ruines?... Nous avons encore le choix entre celui de Polignac que vous voyez là-bas, dans le lointain, et celui d'Espaly qui est plus près.... Mais le lac?... Voyez-vous le lac?

— Non ! répondirent Paul et Arthur en même temps, mais il y a celui du Bouchet.

— Une route peu fréquentée.... Mon Dieu, cela dépend du moment.... Ah ! voyons-nous une maison à toit pointu dont la porte forme une arcade?

— Ma foi ! dit Arthur, j'ai constaté qu'au Puy. il y avait de vieilles maisons répondant à ce signalement. Or d'ici nous apercevons le Puy....

— Tout ça, église, statue, vieille maison, route peu fréquentée, rivière, lac, château en ruines, se rencontre bien en détail. Le difficile, c'est de les trouver groupés selon les conditions du concours !»

Ils se remirent en marche, arrivèrent à un carrefour, en vue de Roques, mais décidèrent de ne point s'y rendre pour l'instant et d'aller d'abord au lac du Bouchet. Le pays, éminemment pittoresque, les enchantait. La vue du lac du Bouchet surtout, qui occupe le cratère d'un ancien volcan et dont les eaux immobiles sont entourées d'un cadre verdoyant de forêts et de pâturages, leur arracha des cris d'admiration.

Mais là, ils constatèrent que le Puy avait entièrement disparu derrière le plateau. Arthur prit une figure tel-

lement consternée que Charles se mit à rire.

Les jeunes gens parcoururent les alentours du lac, mais leurs recherches n'aboutissant à rien, ils décidèrent de revenir au Puy, car l'heure du déjeuner approchait.

Les explorateurs étaient navrés, mais lorsqu'ils eurent fait part du résultat négatif de leur course, la gaieté de Colette et d'Élisabeth remonta leur courage.

« Que faisons-nous cet après-midi? »

Ce fut Arthur qui lança cette phrase au cours du déjeuner à l'hôtel, déjeuner auquel Élisabeth avait été invitée.

Paul, tout de suite, proposa à Élisabeth une grande promenade en automobile. Colette était de la partie. Mlle Marlvin s'offrait pour garder les jumeaux et la petite Marie ; ce qui fut accepté avec joie par la grande sœur, car, rassurée sur le sort de sa petite famille, elle pourrait profiter de sa belle excursion sans remords. Arthur céda aux instances de ses deux amies, qui ne voulaient pas faire leur promenade sans lui. Charles décida de remonter seul à Roques.

« Oui, je te le conseille, dit Arthur, et cette fois grimpe jusqu'au village. Grimpe, grimpe !»

Chacun, après le déjeuner, partit de son côté. Élisabeth, sur les conseils de Mlle Marlvin, s'était enveloppé la tête dans un voile de voyage, à cause du vent, ce qui fit beaucoup rire Colette qui allait généralement en automobile les cheveux au vent. Charles assista au départ. Élisabeth et Arthur agitèrent leurs mouchoirs et Charles entendit la voix de son ami qui criait :

« Grimpe... grimpe !... »

Mais avant d'aller à Roques, il voulut s'informer de Procope. Il se rendit dans les divers hôtels de la ville sans le trouver, puis il rentra à l'Hôtel de France pour prendre sa bicyclette. On lui remit une enveloppe adressée à Arthur.

« Elle a été apportée par un jeune garçon. Il a dit que M.. Charles, aussi bien que M. Arthur, pouvait en prendre connaissance. Il avait l'air un peu embarrassé et très pressé. »

Charles hésita pendant quelques secondes à ouvrir la lettre. Puis il se dit : « Non, il vaut mieux ne pas la lire. car si ce papier porte l'indica-

« AH ! DIT COLETTE, COMME JE SUIS CONTENTE DE CONNAITRE ÉLISABETH. »

tion de l'endroit précis où se trouve le trésor, j'aurais scrupule de dire que je l'ai découvert moi-même. Il se peut au contraire qu'on cherche à me mettre sur une mauvaise piste. Dans l'un et l'autre cas, il n'y a pas lieu d'ouvrir. »

D'un geste décidé, il posa la lettre sur une table, mit un lourd presse-papier dessus et quitta sa chambre.

Il prit sa bicyclette et partit pour Roques. Il avait soigneusement étudié sa route et passait par des chemins de traverse qui raccourcissaient fortement le trajet.

Mais comme la montée était souvent rude, il dut plusieurs fois sauter à bas de sa machine et s'avancer à pied.

Charles était impatient d'arriver à son but. Il marchait d'un bon pas, tout en réfléchissant.

Il se disait, à certains moments, que si, décidément, il ne trouvait pas le trésor après les recherches de cette journée, il abandonnerait le concours ; puis, se reprochant son abattement, il pensait à son frère, toujours optimiste dans tous les actes de sa vie, et il reprenait courage.

Il arriva enfin au croisement de routes où lui et ses compagnons s'étaient arrêtés le matin....

Par des sentiers pierreux, Charles montait jusqu'aux abords du village de Roques.

Arrêté au bord d'une pièce de terre et tenant sa bicyclette d'une main, il regardait autour de lui, lorsque tout à coup son attention se fixa sur trois beaux peupliers qui se dressaient auprès d'une haie basse.

« Tiens, tiens, se dit-il ; les données du concours parlent d'un arbre au feuillage léger ; le peuplier, ce me semble, est un arbre au feuillage léger. »

Charles continua de remonter le sentier. Celui-ci se raccordait à une route assez mal entretenue et absolument déserte.

« Est-ce que ce serait là la route peu fréquentée qu'indique le programme du concours ? » murmura Charles.

Le long de cette route s'étendaient des terrains incultes couverts de gros cailloux et où ne poussaient guère que des touffes de genêts ou de bruyères. Charles s'avança sur ces terrains qui s'élevaient en pente. Quand il eut atteint l'espèce de crête à laquelle conduisait la pente et que masquaient quelques pins rabougris poussés sur un sol rocheux, il poussa un cri de surprise.

Devant lui s'étendaient des ruines, très probablement celles d'un château fort d'autrefois.

Ce qui subsistait des murailles ne s'élevait pas très haut au-dessus du sol.

Le temps, peu à peu, avait fait s'écrouler les murs, et les gens du pays avaient dû venir là s'approvisionner de pierres.

Charles prit sa carte et son guide et reconnut qu'il s'agissait des ruines du château de Lassalme, abandonné dès la fin du moyen âge.

« Récapitulons, se dit-il. D'ici, je vois le Puy où se trouvent une Vierge sur un rocher, une église ancienne de pur style, une — voire plusieurs — maisons à toit pointu, dont la porte forme une arcade. Une rivière, le Dolézon, coule à trois kilomètres d'ici.

« Cette route est peu fréquentée ou je ne m'y connais pas.

« Ma vue s'étend sur des arbres et des rochers.... Ah ! oui... mais ce diable de lac !... Je sais bien qu'il y a le lac du Bouchet, mais je ne l'aperçois pas d'ici. »

Tout à coup, les mots prononcés par Arthur, au moment du départ : « Grimpe !... grimpe !... » sonnèrent à ses oreilles.

« Je suis monté jusqu'à hauteur du village, songeait-il. Où pourrais-je encore grimper? Ah ! j'y pense, sur un de ces hauts peupliers, peut-être que de là?... »

Rapidement, il fut au pied des peupliers.

Il posa sa bicyclette à terre, enleva prestement sa veste et se mit en devoir de monter sur le plus haut des arbres, élancé d'un seul jet vers le ciel bleu, et qui pouvait bien mesurer une vingtaine de mètres.

Charles était très entraîné à la gymnastique et il ne craignait pas le vertige.

Se glissant à travers le feuillage touffu du peuplier, il se hissa de branche en branche.

A une quinzaine de mètres de hauteur, il s'arrêta, reprit son haleine, s'orienta et dirigea ses regards du côté du lac du Bouchet, mais il ne vit rien.

Avec encore plus d'ardeur, il poursuivit son ascension de quelques mètres et s'arrêta de nouveau.

Le tronc du peuplier était devenu très mince ; Charles, qui le sentait osciller de façon inquiétante, jugea qu'il ne pouvait dépasser ce niveau sans danger.

Solidement agrippé aux branches, il détourna lentement la tête.... Victoire !

Là-bas, sous les rayons du soleil,

qui déjà déclinait, les eaux du lac miroitaient....

Avec l'agilité d'un écureuil, le chercheur de trésor dégringola de l'arbre au risque d'endommager sa culotte, ramassa sa bicyclette et galopa littéralement vers les ruines du château de Lassalme.

« A cinq cents mètres environ des ruines, pensait-il, je dois trouver la maisonnette mentionnée au point 10. Où trouver cette maisonnette, sinon du côté du village de Roques? Allons donc vers Roques. »

A grandes enjambées, il mesurait approximativement le chemin parcouru. Il rencontra la route « peu fréquentée » et la suivit, car elle menait à Roques.

Après avoir parcouru à peu près quatre cents mètres, il éleva ses regards qu'il avait jusque-là dirigés vers le sol.

O joie ! Devant lui, une maisonnette édifiée en avant de Roques, dans une situation isolée, s'offrait à lui ; de construction rustique, elle présentait apparence de ferme.

Charles s'arrêta, le cœur battant, l'esprit en feu, et regarda, regarda longuement. A droite de cette maisonnette se dressait le peuplier dont il avait si audacieusement atteint le sommet.

De l'autre côté de la route, une autre petite maison campagnarde, isolée elle aussi, se montrait quand on se tournait vers le Nord-Nord-Est. Enfin, trois marches donnaient accès à sa porte étroite.

« Cette fois, ça y est ! cria Charles tout haut.

Le trésor doit être dans le verger dont j'aperçois les arbres fruitiers au-dessus de ce mur et qui se trouve entre le peuplier et la maisonnette....

Mais voyons qui habite dans cette dernière.... »

Il courut, frappa à la porte.

« Pan ! Pan ! Pan ! »

Charles entendit un aboiement. Puis la porte s'ouvrit et un vieux monsieur à cheveux blancs se dressa devant lui.

« Monsieur Toupie? demanda Charles avec un petit tremblement dans la voix.

— C'est moi ! »

Lorsque Charles eut pénétré chez M. Toupie, celui-ci le félicita tout d'abord de sa persévérance et de l'idée ingénieuse qu'il avait eue de monter sur l'arbre.

« Je vous suivais des yeux et j'ai applaudi.... Vous ne vous imaginez pas combien de gens sont arrivés ici, touchant le but et s'éloignant, ne pouvant pas découvrir le lac.

— Oh ! vous savez,... c'est une idée d'Arthur.

— Arthur ? Mais vous êtes seul ? Qui est Arthur ? demanda M. Toupie, feignant l'étonnement.

— Arthur, c'est mon ami ; grâce à lui, j'ai pu concourir. Il a eu toutes les bonnes idées. Il m'a conduit ici ; enfin c'est un ami unique.

— Vous lui êtes reconnaissant ?

— Oh ! oui. »

Charles était si ému qu'il pouvait à peine parler. Bien que depuis trois mois il eût sans cesse pensé au concours, cette découverte était si soudaine qu'il ne pouvait y croire et, saisi d'étonnement, il considérait M. Toupie.

M. Toupie était un grand vieillard, à la barbe et aux cheveux blancs, aux yeux bleus très doux. Il était vêtu de noir, une chaîne d'or retenait sa montre et d'une de ses mains il caressait son chien, un superbe saint-bernard qui appuyait sa tête sur ses genoux.

« Permettez-moi une question, dit Charles après quelques instants de silence ; le trésor, n'est-ce pas, est dans le verger ?

— Oui, répondit M. Toupie, il est là. Dans ce verger débouche un souterrain qui, autrefois, devait communiquer avec le château de Lassalme. Le trésor, enfermé dans une cassette de fer, est caché dans ce souterrain. Je vais vous y conduire. »

M. Toupie et Charles, suivis du saint-bernard, sortirent de la maison et se dirigèrent vers le verger. M. Toupie, avec sa canne, écarta des ronces et des broussailles et Charles vit une petite trappe en fer toute couverte de rouille. Il se baissa, tandis que le chien passait sa tête sous son bras et reniflait avec force. Charles souleva un loquet, tira à lui la trappe et vit une petite cassette.

« C'est le trésor ? s'écria-t-il avec joie.

— Oui, mon enfant, il est à vous. »

Tandis qu'ils se dirigeaient de nouveau vers la maison, M. Toupie expliqua à Charles pourquoi il avait organisé le concours.

« J'ai perdu, dit-il, il y a longtemps, très longtemps, un fils très bon, très intelligent ; je ne m'en suis jamais consolé.... Aussi me suis-je toujours occupé des jeunes garçons de votre

LA ROUTE ÉTAIT DÉSERTE.

âge. J'avais un ami et les neveux de cet ami....

— M. Procope !

— Oui, Procope... ou plutôt Jacques Balman, car Procope est un pseudonyme qu'il a pris récemment.... C'est un garçon ingrat, méchant,.... mais vous le connaissez, et il élève mal les enfants dont il a la garde. Je ne puis rien faire pour lui.... Après un dernier fait inqualifiable, je me suis promis de ne plus m'occuper de lui et de l'oublier.... C'est alors que j'ai organisé ce concours. Procope a fait l'impossible pour empêcher des concurrents de réussir ; il a cherché à les égarer, il a indiqué de fausses pistes. Mais, je vous le répète, aucun de ceux qui sont venus jusqu'ici n'a eu l'idée de monter sur le peuplier !

— Moi, je l'ai eue, grâce à Arthur ! C'est lui aussi qui....

— Oui, oui, je sais, murmura M. Toupie en hochant la tête ; oui, oui, allez, je vous connais bien.

— Vous me connaissez?

— Eh ! oui, mon ami. Eh ! oui. Je suis un vieil ami de Mme Saint-Paul.... Par Élisabeth Tourneur, elle était au courant de vos recherches. J'en ai été informé, j'ai admiré votre intelligence et votre persévérance.

— Je comprends maintenant quelques sourires de Mme Saint-Paul.

— Du reste, elle me parlait de vous bien avant le concours.... »

Comme M. Toupie et Charles rentraient dans la maison, la corne d'une automobile se fit entendre dans le lointain. Coin ! Coin ! Coin !

« Ça, c'est du Colette ou je ne m'y connais pas ! » s'écria Charles en se précipitant vers la porte qui donnait sur la route.

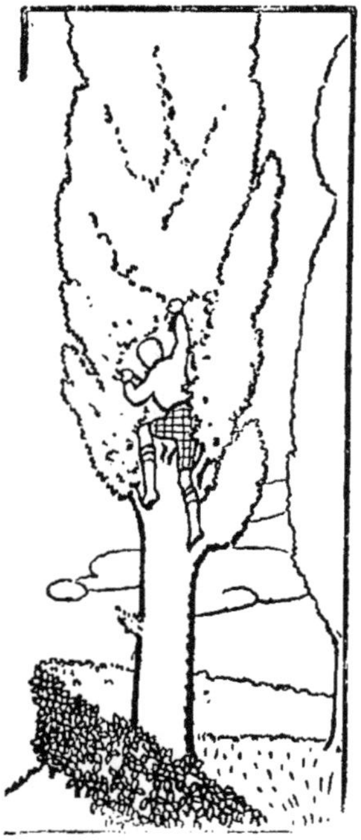

M. Toupie sortit d'un pas alerte malgré son âge. En un instant, lui et Charles furent au milieu de la route. M. Toupie agita sa canne et son mouchoir en criant :

« Arrêtez ! Arrêtez ! »

C'était en effet l'automobile jaune conduite par Colette ; son frère était à

CHARLES GRIMPA SUR LE PEUPLIER.

côté d'elle. Elle et ses compagnons avaient fait une très grande randonnée et avaient décidé de revenir par Roques pour prendre Charles dans le cas où il y serait encore. L'automobile stoppa.

Quatre « Ah ! » stupéfaits partirent de la voiture à la vue de Charles.

« Monsieur Toupie ! » s'écria Arthur. Il sauta de la voiture et se jeta sur Charles en l'embrassant.

« Tu as le trésor ! Tu as le trésor ! Voilà le plus beau jour de ma vie ! »

Et Arthur, fou de joie, ne savait comment manifester son contentement. Colette, elle, regardait M. Toupie, comme pétrifiée d'étonnement.

« C'est vous, monsieur Toupie ! »

Elisabeth restait silencieuse comme lorsqu'elle était émue fortement.

M. Toupie riait ; puis, prenant l'oreille d'Arthur :

« Voilà un camarade, un ami, comme j'en ai rarement rencontré dans ma longue existence. »

Arthur devint cramoisi en entendant cet éloge. Dans leur émotion, les enfants se tenaient debout, immobiles autour de M. Toupie. Charles raconta rapidement comment il avait découvert le lieu de la cachette. Il proposa d'envoyer une dépêche à son frère Louis et une autre à M. et Mme Treillard ; Arthur était d'avis qu'il fallait télégraphier au *Coq gaulois*. Colette déclara qu'elle voulait visiter la maisonnette de M. Toupie ; quant à Paul, il souriait, heureux de contempler le vieux monsieur auteur de tant de bonheur.

Ce dernier fit entrer les voyageurs dans sa demeure. C'était une ancienne ferme qu'il avait modifiée entièrement à l'intérieur. On ne voyait, de la route, qu'une étroite façade, mais elle possédait une aile, dissimulée par un mur et des arbres, devant laquelle s'étendait une grande prairie. De là, on avait une vue magnifique sur le Puy.

« Voilà, mes enfants, dit M. Toupie, une maison qui vous réunira chaque année, si vous le voulez bien. L'habitation est assez vaste pour contenir beaucoup d'enfants et je serais si heureux que de la jeunesse vînt entourer mes vieux ans !

— Oui, oui, monsieur Toupie ! Nous viendrons chaque année près de vous. Quel bonheur ! »

Après ce débordement de joie, on songea à prendre le chemin du retour ; sur le seuil de la porte, Élisabeth s'arrêta en s'écriant :

« Regardez comme c'est beau ! »

Au loin, le soleil envoyait ses derniers rayons empourprés sur le Puy, illuminant les pierres brunes de la cathédrale.

Malgré leurs émotions, les enfants demeurèrent saisis devant la beauté de ce crépuscule.

« Allons ! descendons au Puy ! dit M. Toupie, car nous avons beaucoup de chose à faire.

— J'offre un champagne d'honneur à Charles et à Arthur, » déclara Paul tandis que les voyageurs s'entassaient dans la voiture, à l'exception de Charles qui revint sur sa bicyclette.

L'automobile s'arrêta chez Mme Saint-Paul ; elle reçut en riant toute la jeunesse qui lui annonça, non sans tumulte, le succès des recherches de Charles. Puis, Paul alla commander un dîner de gala ; M. Toupie accepta de se joindre à ses nouveaux amis ; Mme Saint-Paul resta chez elle, mais Colette avait couru chez une fleuriste et rapporta à l'aimable dame un magnifique bouquet de roses. Pendant ce temps, Charles et Arthur envoyaient à Versailles des dépêches enthousiates.

Mais quelqu'un troubla la fête ; au moment où tous nos amis allaient se mettre à table, un domestique de l'hôtel vint annoncer qu'un inconnu désirait parler à M. Toupie. Avant même que ce dernier eût pu dire un mot, M. Procope parut derrière le domestique.

Charles et Arthur poussèrent une exclamation de surprise.

« Que voulez-vous et pourquoi venez-vous ainsi me déranger? demanda sévèrement M. Toupie.

— M. Charles Lefrançois n'est pas le gagnant du trésor, car c'est moi qui lui ai indiqué le lieu où il se trouvait.

— Oh ! s'écrièrent tous les assistants consternés.

— Attendez, dit avec calme M. Toupie. Comment lui avez-vous indiqué où était le trésor?

— Dans une lettre que je lui ai écrite et qu'il a lue au moment de partir pour Roques, c'est-à-dire vers deux heures et demie.

— Bien, dit tranquillement monsieur Toupie en tirant une enveloppe de sa poche. Voilà cette lettre : Charles a eu l'idée de ne pas l'ouvrir, flairant un piège... et il vient de me la remettre.

Tenez, regardez, votre lettre dans son enveloppe intacte. »

M. Procope blêmit et voulut sortir.

« Non, non, s'écria M. Toupie, lisez-la vous-même.... Ou plutôt non.... » Il déchira l'enveloppe, en tira une feuille de papier et continua : « Voilà ce que contenait ce perfide billet : « Cher Monsieur, le trésor de M. Toupie est près de la maison située à Roques, entre les trois peupliers et les ruines du château de Lassalme. Entrez hardiment, il est là. Quant à nous, nous partons dans une heure pour l'Amérique où nous resterons de longues années.

« GASTON. »

« Ah ! s'écria M. Toupie, il n'a même pas eu le courage de signer de son propre nom !... Et comprenez-vous la perfidie de cette lettre? Si Charles l'avait ouverte, il ne pouvait plus concourir.

COLETTE ENTRA AVEC UN BOUQUET.

— Après avoir été si près du but ! dit Arthur en frémissant.

— Allons, partez, reprit M. Toupie en s'adressant à Procope. Vous n'avez plus rien à faire ici.... »

Procope, la tête basse, sortit du salon sans qu'aucun mot ne fût prononcé par l'assistance.

On se mit à table. Bientôt la gaieté revint ; on forma des projets d'avenir réalisant tout ce que chacun souhaitait dans son cœur.

Au dessert, M. Toupie prit la parole.

« Mes enfants, je vous ai déjà dit combien je suis heureux que « mon trésor » ait été trouvé par Charles Lefrançois.... Ce que je veux aussi que vous sachiez, c'est ma profonde satisfaction de le voir entouré d'amis aussi dévoués et aussi généreux.... J'ai à leur annoncer une bonne nouvelle. Je viens d'apprendre que M. Tourneur est nommé professeur au lycée Henri IV, à Paris.

— Oh ! quel bonheur ! ne put s'empêcher de s'écrier Élisabeth.

— Comme Charles et son frère habi-

COLETTE PORTA UN DERNIER TOAST.

teront Paris... je le crois du moins....

— Oui... oui, opina Charles.

— Les deux familles pourront vivre ensemble dans ma vieille demeure d'Auteuil où je suis si seul. Quant à Mlle Colette, qui a le bonheur d'avoir, ce que n'ont ni Élisabeth, ni Charles, je veux dire une maman, je suis bien sûr qu'elle et ses chers parents accepteront de venir passer quelque temps dans cette maison d'Auteuil.... »

Colette se mit à battre des mains.

« Oui ! oui ! cher monsieur Toupie !

— Arthur, que nous surnommerons le modèle des amis, ira sans doute aussi finir ses études à Paris, et quelque chose me dit encore que ses parents s'installeront aussi dans la capitale pour resserrer son amitié avec notre brave Charles, dont ils n'ont eu qu'à se louer.

— Monsieur Toupie, s'écria Arthur, vous êtes un sorcier !

— Non, un très vieux monsieur qui aime les enfants.

— Bravo ! monsieur Toupie. Laissez-moi porter un toast à monsieur Toupie, s'écria Colette en se levant.

— Oui ! Oui !...

— Monsieur Toupie, nous sommes ici quatre qui avons pris part à votre concours : Charles, Élisabeth, Arthur et moi. Deux perfections, un étourdi et une enfant gâtée (*Rires de l'assistance*). Les deux perfections ont été récompensées de leur sagesse ; l'étourdi, par amitié, est devenu aussi calme, prévoyant et réfléchi qu'un vieillard (*Rires*) ; l'enfant gâtée (*Hé ! hé !*) eh bien, elle a compris que la vie n'était pas gaie pour tout le monde et qu'il y avait des petites filles plus méritantes qu'elle qui n'avaient jamais été dans des autos ! Alors, elle a pris la résolution de ne plus faire ses trente-six mille volontés, d'écouter son institutrice et de partager tous ses plaisirs avec son amie Élisabeth !

— Chère petite sœur ! » s'écria Paul en prenant Colette dans ses bras et en l'embrassant tendrement, tandis que Mlle Marlvin essuyait ses yeux.

« Vive M. Toupie ! Vive M. Toupie ! »

Charles et Arthur accompagnèrent Élisabeth chez elle. En revenant, ils se donnaient le bras, mais ils demeuraient silencieux, ne pouvant exprimer le bonheur et la tendresse qui remplissaient leurs cœurs.

TABLE DES MATIÈRES

BIBLIOTHÈQUE DE LA JEUNESSE

VOLUMES DÉJA PARUS :

À PARAITRE PROCHAINEMENT :

Chaque volume illustré broché **2 fr. 50** couverture en couleurs

3246-10.24. — Imp. HENRY MAILLET, 3, rue de Châtillon, Paris.